光文社文庫

群青のカノン

航空自衛隊航空中央音楽隊ノート2

福田和代

光　文　社

もくじ ♪

群青のカノン

𝄞

航空自衛隊航空中央音楽隊ノート2

希望の空

楽器ケースと演奏服を抱えて音楽隊の専用バスから降りると、二月のひんやり澄んだ空気が肌を包んだ。鳴瀬佳音《なるせかのん》三等空曹は、ぞくりとして身体《からだ》を震わせながら天を仰いだ。

「う、わー！」

——空が、トルコ石みたいにみずみずしい青色をしている。

今年二月の前半は、日中の最高気温が十度を超え、全国的に暖かい日が続いていたが、後半に入ると打って変わって寒くなった。今日の浜松《はままつ》は、青い空が突き抜けるように広がる快晴だが、天気予報によれば最低気温が一度、最高気温が八度というから、冷え込みはきつい。

「いいお天気で良かったねえ」

続いてバスから降りてきた、同期の吉川美樹《よしかわみき》三等空曹が、眩《まぶ》しげに空を見上げて白い息を吐《は》いた。まったく同感だ。なにしろ今日は、午後からここＪＲ浜松駅前のアクトシティ浜松において、「陸・海・空自衛隊合同コンサート」が開催される。二回公演で、一回あたり千八百人という大勢のお客様の来場を見込んでいるので、天気が良いに越したことはない。

「だって私、晴れ女だもんね」

ふふふ、と佳音が笑顔で胸を張ると、美樹が呆《あき》れたように眉を上げ、「はいはい」と軽く流して、さっさと荷物を運び始めた。

「ちょっと美樹、可愛い冗談じゃないの！」

「早くしないと置いていくからね」

美樹の背中が遠ざかっていく。佳音は荷物を抱え上げ、彼女の後を駆け足で追いかけた。

航空自衛隊航空中央音楽隊。

佳音が所属している部隊の正式名称だ。ちょっと長くて、配属されてすぐの頃は配属先の部隊名を言うたびに舌を噛《か》みそうになったものだ。警察や消防の音楽隊はおなじみだが、自衛隊にだって音楽隊はつきものだ。

自衛隊の音楽隊が抱える任務は、主として四つある。基地や部隊などを訪問して演奏により隊員の士気を高める目的がひとつ。オリンピックなどの国家行事における演奏や、海外から来日する要人を迎えての式典演奏、観閲式などの儀式での演奏がひとつ。あと二つは航空祭、定期演奏会や自衛隊音楽まつりで自主的な広報活動として演奏したり、部外から依頼を受けて大相撲の千秋楽や競馬のＧⅠ《ジーワン》レースでファンファーレを演奏したりする協力的な広報活動だ。こうした広報活動の中には、音楽を通じて各国の軍楽隊と国際親善をはかることもある。

今日は、広報活動の一環として、陸海空自衛隊音楽隊の合同コンサートを、ここ浜松で開催する予定だった。浜松といえば、浜名湖《はまなこ》のウナギにみかん、浜松餃子《ギョーザ》に徳川家康《とくがわいえやす》、オートバイときて、忘れちゃならないのは楽器だ。浜松は工業都市で、ホンダの創業の地でもあるから、オートバイや自動車の部品を生産する工場も多いが、明治時代に山葉寅楠《やまはとらくす》がオルガンを修理したことから始まったヤマハや、ヤマハから分離独立した河合《かわい》楽器製作所に代表される楽器産業も、浜松の街を象徴する産業だろう。いま浜松市は、昭和五十六年から取り組んできた「音楽のまちづくり」から転じて「音楽の都」というキャッチフレーズを掲げており、駅前を歩くと「音楽の都」と書かれた看板やのぼりを散見することができる。三年ごとに開催される浜松国際ピアノコンクールなど、国際的な音楽イベントも頻繁に行われているのだ。

浜松駅の近くには、浜松市楽器博物館がある。わが国唯一の公立の楽器博物館だ。収蔵されている世界各地の楽器は約三千三百点にのぼり、アジア、アフリカ、オセアニア、アメリカ、ヨーロッパ、日本と、収蔵品の種類、数量、質ともに世界ナンバーワンクラスの楽器博物館である。

佳音も訪れたことがあるが、入場するとまず、入り口付近に設置されたキラキラ輝く移動ステージのようなシロモノに度肝を抜かれた。ミャンマーのサイン・ワインという、太鼓やゴングを中心とする打楽器群だ。ミャンマーの代表的な伝統楽器で、数人がかりで演奏する。仏教儀礼、舞踏、演劇の伴奏などなんでもこなすのだそうだ。太鼓などの打楽器を飾るのは、金色の透かし彫りにガラスをちりばめたきらびやかな装飾で、上方には翼を持つ龍が飛んでいるという、ゴージャスきわまりない外観だ。一階のアジアエリアを見渡せば、インドネシアのガムランが三組設置されており、青銅の打楽器を中心に太鼓や弦楽器など三十数種類の楽器群がずらりと並ぶ様子は、まさに壮観だ。日本の雅楽に使用される伝統楽器や、豊富な種類の三味線《しゃみせん》も収蔵され、一部の楽器については体験演奏を行うこともできる。地階にはヨーロッパの管楽器、弦楽器を中心に、オセアニア、アフリカ、アメリカ先住民族の楽器なども展示され、初めて目にするような楽器も数多く、一日中いても飽きない。

佳音がこの博物館を訪問するたび見に行ってしまうのは、サクソフォーンのコーナーだった。サクソフォーンは、ベルギー人のアドルフ・サックスが一八四〇年頃に発明した、楽器の歴史上、比較的新しいものだ。管のほぼ全体が金属製だが、葦《あし》のリードを使うので木管楽器に分類される。当時、金管楽器と木管楽器の音がうまく調和しないことに悩んでいた楽団のために、アドルフ・サックスは金管と木管の音響を調和させ、中音部から低音部にかけてのパートを受け持つことのできる、新しい楽器を生み出したのだった。浜松市楽器博物館には、そのアドルフ・サックスが製作したオリジナル・サクソフォーンが、ソプラノ、アルト、テナー、バリトンから、C調のメロディ・サクソフォーンまで取り揃《そろ》えて収蔵されている。

展示されている楽器を見て、サンプル演奏をヘッドホンで聴いていくと、つい陶然としてしまう。音楽が人間の心をどれだけ豊かにし、和らげてきたのか、太古の昔から人間がどれほど音楽に寄り添い必要としてきたのかなどと、じっくり考えを巡らせてしまうのだ。パプアニューギニアの「水太鼓」や「秘密の竹笛」のように、精霊の声が聞こえると持ち主たちに信じられている楽器も存在する。世の中にはいろんな人間がいるけれど、生まれてから死ぬまで音楽にまったく関心を持たない人は、めったにいないに違いない。

歌い、奏でるために人間は生まれる。そんな感傷的な言葉も、脳裏に浮かぶのだった。

「皆さん。悲しいお知らせがあります」

大荷物を抱えて控室に入ると、パーカッションの長澤真弓《ながさわまゆみ》一等空士——通称真弓クンが、不吉な影を背負った暗い表情で、後から入ってきた。小顔ですらりと背が高いうえに、目鼻立ちの彫りが深い、少年っぽい顔の後輩だ。宝塚の男役みたいだとよく言われている。

「ちょっと、ちょっと、真弓クン。着くなり何なのよ!」

しっかり者の美樹が顔をしかめ、荷物を解《と》きながら声を上げた。男の子のような外見と、さっぱりした気性とは裏腹に、真弓クンは意外と神経が細く、大きなイベントの前にはよく胃腸薬を飲んでいる。たびたび「胃が痛い」などと言いだすので、こちらも彼女の変調には慣れっこだ。

「真弓クン、胃薬飲んだ? 開演までに、ちゃんとお手洗い行っておくのよ」

これでも先輩だ。気を遣って佳音が声をかけると、真弓クンは憤然として短く切った髪を振り立てた。

「違います! そんなんじゃありません!」

「じゃあ何なのよ?」

気の短い美樹が、進まない話に苛立《いらだ》ったらしく、腰に手を当てて女王様みたいに胸を反らした。真弓クンが、がくりと項垂《うなだ》れる。

「昨今のウナギの価格高騰のため、本日のお弁当には蒲焼《かばやき》が入りませんでした！」

「えええっ！」

真弓クンの発言に飛び上がったのは、美樹ではなかった。仲良く声をハモらせて、フルート担当で真弓クンの同期でもある澄川理彩《すみかわりさ》一等空士、通称りさぽんと、トロンボーンの土肥諒子《どひりようこ》空士長がこちらを振り向く。彼女らの勢いの激しさに、さすがの美樹もたじたじとなり後ずさった。

「そんな！　お弁当にウナギ入るよって言ってたじゃない、真弓クン！」

「浜松ですよ！　せっかく浜松まで来たのに、ウナギが食べられないなんて」

「今夜は、終わったらまっすぐ立川《たちかわ》に帰るっていうし。これじゃ、食べる機会がないじゃないですか！　美樹先輩も、なんとか言ってやってください！　ああ、私のウナギ！」

ゆるふわの小熊を思わせる、愛らしいりさぽんと、目がきょろりとして愛嬌《あいきよう》があって、リスのようなすばしっこい小動物を想像してしまう土肥さんが、こもごも哀願するように両手を絞った。土肥さんは真弓クンたちより少し年上で、西部航空音楽隊から異動してきたばかりだが、さっそく他のメンバーと意気投合している。あらためて考えると、航空中央音楽隊のお局《つぼね》さま——もとい、女王さまと呼ばれているフルート担当の先輩、安西夫人こと狩野庸子《かのうようこ》三等空曹が育児休暇に入り、後輩が少しずつ増えて、佳音と美樹はだんだん航空中央音楽隊の女性陣の先輩になりつつあるようだ。

——君たち、そんなに浜松のウナギが食べたかったのかね。

佳音は先輩の余裕で腕組みして、うんうんと頷《うなず》いた。浜松のウナギと言えば、浜名湖の天然もの、もしくは養殖のウナギだろう。浜名湖でウナギの養殖が始まったのは、明治時代だそうだ。東京の服部倉次郎《はっとりくらじろう》という人が、当時はまだ網にかかっても捨てられていたウナギの稚魚を使って、養殖することを考えついたのだとか。一九八三年以降、浜名湖を擁する静岡県は国内ウナギ生産量トップの座を明け渡したそうだが、いまだに知名度は高く、浜松といえばウナギのイメージは根強い。

「ごめんなさい!」

お弁当の発注をかける担当だった真弓クンが頭を下げると、両手で顔を覆った。

「残念です。私も食べたかった!」

土用の丑《うし》の日にウナギを食べる風習が広まったため、ウナギと言えば夏の食べ物のように思われることもあるが、本来ウナギの旬は秋から冬にかけて、冬眠前に栄養を体内に貯《た》めて脂ののる時期だという。夏に売り出される蒲焼も、前年の秋に捕ったものを焼いて冷凍しておくことが多いというくらいなのだ。

——そりゃ、私だってかなり楽しみにはしてたけど。

佳音は、しみじみと長い息を吐いた。しかし先輩として、ここでウナギごときに執着心を見せるわけにはいかない。じっと我慢、耐えるのだ。

誰かが女性用控室の扉をノックした。

「お前ら、さっきから何を騒いでるんだよ？　隣の控室まで筒抜けだぞ」

呆れた顔を覗《のぞ》かせたのは、佳音と同じアルトサックスの渡会俊彦《わたらいとしひこ》三等空曹だった。音楽隊というより、どちらかというとレンジャー部隊か何かじゃないのかと思うほど体格が良く、身体も熱心に鍛《きた》えているので、佳音は「ゴリラ」とひそかに呼んでいる。渡会はこちらに、名前のカノンにちなんで「キャノン砲」とあだ名をつけてくれたのだから、お互いさまだ。

「だいたいお前ら、揃いも揃って食い意地が張りすぎなんだよ！」

渡会が、まっすぐ佳音を見て言った。

——な、なぜ私を見る。

佳音はたじろぎ、むっとして渡会を見返した。悔しい。もちろん食い意地は張っているし、それを否定するつもりはないのだが。

扉の向こうを、デザインの異なる制服を着た陸上自衛隊の音楽隊員が横切っていく。今日のイベントは、陸海空三自衛隊の音楽隊が合同で開催するコンサートなので、会場や控室に集まった音楽隊員の人数もいつもよりずっと多い。ちなみに、「陸・海・空自衛隊合同コンサート」は、毎年一回、三自衛隊の持ち回りで全国いずれかの都市で開催され、ここ浜松は航空自衛隊の担当になっている。そのため、浜松基地の隊員と、浜松に置かれた中部航空音楽隊のメンバーが、裏方として会場の設営や警備、来場者の受付なども担当するという、ぜいたくな人員配置になっているのだった。

「ほら、うなぎパイ。さっき東名《とうめい》高速のサービスエリアで、おみやげに買っておいた。やるから黙れ。他の音楽隊に恥ずかしいだろう」

渡会が差し出したうなぎパイの箱を見て、りさぽんと土肥さんががっくりと肩を落とした。まったく、渡会は短絡思考すぎる。

「ダメだなあ、渡会。女心がわかってないよ」

渡会の鼻先に人差し指をつきつけて左右に振る。渡会が唇を曲げた。なぜか、美樹がよせと言いたげに手を振っている。

「あのな。男心の一切わからない、キャノン砲に言われたくないね」

——なんだそれは。

佳音は目を吊り上げた。高校時代の同窓生だと思うからこれでも手加減しているのに、なんという悪口雑言《あっこうぞうごん》だろうか、許せん。

「なに言ってんのよ。うなぎパイがウナギの代わりになると思う？　それじゃ、パンがなければお菓子を食べればいいって言った王妃様と同じじゃない！」

美樹が頭を抱え、佳音の袖を引っ張った。

「ちょっと佳音、それだいぶ違うと思うけど」

「そうです先輩、私たちならうなぎパイでも大丈夫、我慢しますから」

りさぽんが、うなぎパイの箱をしっかり抱きしめて、きらきら輝く瞳でこちらを見つめた。機嫌は直ったようだ。どうやら積極的に渡会に買収される気になったらしい。

「君たち何をやってるんだ？　もう支度はすんだのか？」

きびきびとした声が聞こえ、佳音は振り向いた。諸鹿佑樹《もろがゆうき》三等空尉が、その端整な顔を覗かせている。すらりと背が高くて、上品で甘いマスク――まさに航空中央音楽隊の王子様、なのだが。

――見ちゃだめ。見ちゃだめよ、佳音。

佳音はぐっと拳《こぶし》を握りしめ、頭を振った。どれだけ自分を戒めても、つい視線が諸鹿三尉の左手に走ってしまうのを止められない。薬指に燦然《さんぜん》と輝くあの婚約指輪――なんて眩しいのだろう。

そう、航空中央音楽隊の王子様こと諸鹿三尉は、この春ついに華燭《かしょく》の典を挙げる予定である。うらめしい――じゃない、うらやましいお相手は、諸鹿三尉の母親の友達の娘と聞いて、女子一同愕然《がくぜん》としたものだ。

――お見合いかよ。

しかも――佳音の偏見かもしれないが、母親の友達の娘だなんて、一歩まちがえるとマザコンまっしぐらではないか。信じられない、いや信じたくない。とはいうものの、結婚式の招待状も既に各方面に送られている。音楽隊は人数が多いので全員出席するわけにはいかないが、隊長を含む幹部と隊員何名かが出てお祝いに演奏を行う予定だ。

「じきリハーサルが始まる。わかってると思うけど、航空自衛隊はトップで演奏するんだからね。くれぐれも遅刻なんてしないように」

クールかつ優しく諭すと、諸鹿三尉は踵《きびす》を返して立ち去った。とっくに他人のものとは知りつつも、洗練された物腰にため息が出る。

今日は第一部の航空中央音楽隊の演奏については副隊長が指揮し、第二部の陸海空選抜メンバーによる合同演奏は隊長が指揮をするため、諸鹿三尉の出番はない。彼には各方面との調整や突発事項に対応するため、裏方仕事が待っている。

背筋の伸びた諸鹿三尉の後ろ姿を目で追っていると、美樹がするするとそばに寄ってきて、ぽんと肩を叩《たた》いた。

「残念だったわね、佳音」

「いいの。王子様は、結婚したってずっと王子様なんだから」

渡会が、ふんと鼻を鳴らすと眉を撥《は》ね上げて立ち去った。

「さあ、私たちもさっさと用意するわよ」

美樹が手を叩き、りさぽんや土肥さんは「はあい」と返事をしながら荷物に向かった。楽器を組み立てて、リハーサルの準備をする頃合いだ。

「そういえば、お弁当の件は残念ながらしかたがないけど、あっ、あっちの、あっちのほうは大丈夫なんでしょうね？」

佳音は真弓クンを振り返った。真弓クンが力強く拳を振り、頬《ほお》を紅潮させて頷く。

「任せてください。少々値が張りましたが、あっちのほうは問題ありません。見つからないようバスの棚に隠してありますから、終演後に取りにいきますね」

美樹や、りさぽんもこちらを見て、みんなで深々と頷きあった。今日は、いつもの陸海空合同コンサートとはひと味違う事情がある。

「そろそろ行こうか」

チューニングをすませ、美樹が立ち上がった。午前中のリハーサルは、作業服で行う予定だった。楽器と楽譜を抱えて、どやどやと控室からステージに向かう。アクトシティ浜松は控室など観客から見えない部分にも、客席と同様に赤茶の絨毯《じゅうたん》が敷かれていて、まだ新しいこともあり佳音は気分よく歩を進めた。

リハーサルが終われば、昼食を挟んで、一三〇〇《ヒトサンマルマル》から一五〇〇《ヒトゴマルマル》までが一回目の公演で、二回目は一七〇〇《ヒトナナマルマル》から一九〇〇《ヒトキユウマルマル》までの予定だ。それぞれの回は、陸海空の音楽隊が単独演奏を行う第一部と、三自衛隊の音楽隊から選抜されたチームによる合同演奏の第二部とに分かれている。第一部で佳音たちが演奏するのは、航空中央音楽隊の和田信《わだしん》二等空曹が作曲し、二〇一二年度の全日本吹奏楽コンクールの課題曲に選ばれた行進曲『希望の空』と、フィリップ・スパークの『マンハッタン』だ。二曲目のコルネット独奏は、音楽隊員ながら世界的なコルネットとトランペットの奏者でもある、真壁幸彦《まかべゆきひこ》二等空尉が担当する。

「あ、あれ?」

打楽器のスティックを握り、ひょいと窓から外を覗いた真弓クンが、突然目を瞠《みは》り、素《す》っ頓狂《とんきょう》な声を上げた。

「どうしたの?」

背が高い真弓クンの肩越しに覗こうとすると、背伸びしなきゃいけないから厄介だ。

「鳴瀬さん、あそこ、私たちの乗ってきたバスを停《と》めた駐車場ですよね?」

真弓クンが指を差したのは、大型バスなどが仲良く並んで停まっている、屋根のない駐車場だった。音楽隊の専用バスは、ラピスラズリのような濃い青に白のラインが横に入った外観で、かなり存在感がある。航空自衛隊には航空中央音楽隊を含めて五つの音楽隊が存在し、そのすべてに同じバスが用意されている。上から見ても、絶対に見つける自信があるのだが——。

「ない」

佳音は呆然《ぼうぜん》と呟《つぶや》いた。いくら捜しても、航空中央音楽隊のバスが見当たらない。ついさきほど、あのバスから荷物を抱えて降りたばかりだ。バスの運転も大型免許を持つ隊員が行うので、リハーサルの準備に入った今は、誰も動かすことができないはずだ。いつも、演奏会の時は駐車場に停めたままになっている。

「どうなってるの」

いつの間にか、美樹も佳音の横で顔をしかめて窓の外を眺めていた。

——ない。駐車場や周辺の道路を見渡しても、どこにもバスがない。並んでいるのは、観光バスばかりだ。

「音楽隊のバスが、消えちゃった——！」

佳音の悲鳴に、控室を出て舞台に向かう隊員たちが、ぽかんと口を開けてこちらを見た。

「手品じゃあるまいし、あんな大きなものが、簡単に出たり消えたりするわけないだろう」

演奏曲は、立川でとっくに合同練習を終え、完全に仕上がっているから、リハーサルでは軽くおさらいする程度だ。椅子《いす》の並びや打楽器の位置などを確認し、短い時間でさっと交代する。航空中央音楽隊の後は海上自衛隊東京音楽隊、陸上自衛隊中央音楽隊と続いてリハーサルを行うなか、佳音たちの必死の訴えを一蹴《いっしゅう》したのは、ゴリラ渡会だった。

「だって、本当に消えたんだってば！」

渡会は渋面をつくって、首を振った。

「もうじき合同演奏のリハーサルだろう。こんな時に、馬鹿げたことでじたばたするな。何か事情があってちょっと移動させただけかもしれないじゃないか。どうせすぐに戻ってくる。大騒ぎするようなことじゃないさ」

――ちっ、お堅いやつめ。

佳音は渡会に聞こえぬよう、軽く舌打ちした。だいたい、渡会は高校の同窓生だったとはいえ、自衛隊には一年遅れで入隊した後輩なのだ。あっという間に昇任試験で追い越され、佳音よりひと足早く三等空曹になったのだが。

「なに騒いでるんだい？」

先ほど、リハーサルで『マンハッタン』のコルネット独奏の一部をこなしたばかりの真壁幸彦二尉が、メガネの奥の目をにこにこさせながらこちらに近づいてきた。音楽隊には三尉以上の幹部が何人かいる。隊長、副隊長、広報担当の鷲尾《わしお》二尉、諸鹿三尉、それからこの真壁二尉だ。音楽隊に所属しながら、公務を離れた場面では数々の世界的コンクールで賞をさらい、あちこちの楽団から特別出演の依頼が引きもきらず、彼のために書かれたコルネットとトランペット独奏の曲が五十曲はあるという、まさにずば抜けた演奏者であるにも拘《かかわ》らず——本人は控えめでぎらぎらしたところのない、小柄でおっとりした印象の人だった。三十代後半の男性相手に、美樹がこっそり「ユッキーナ」と可愛いあだ名をつけたのも、アイドルタレント並みに笑顔を絶やさない真壁の人当たりの良さに、彼女なりに敬意を表しているのだ。

バスが消えたんです、と言いかけて、佳音は口をつぐんだ。美樹が真壁の背後から激しく手を振って、「それだけは喋《しやべ》るな」と警告している。真弓クンも青くなってこちらを見ている。一緒に捜そうか、なんて人のいい真壁が言いだしたら残念なことになってしまう。佳音はコホンと咳払いをひとつした。

「いえ——なんでもないんです。ちょっとこのゴリラ——いえ、渡会がわからず屋で」

「誰がゴリラだ、このキャノン砲」

「なんですって」

きりきりと歯ぎしりし、嚙《か》みつきそうなほど顔を近づけて睨《にら》み合う。まあまあ、と困ったように真壁が眉を八の字に下げ、首を傾げてふたりを引き離した。

「渡会君も鳴瀬さんも、今日は僕に免じて喧嘩《けんか》はしないで。ね？」

はっとして、佳音は渡会と共に口ごもった。

「そりゃ――」

「もちろん――」

とたんに、「ありがとう」と応じる真壁の表情が、光が灯《とも》ったように明るくなる。

――そうなのだ。

真壁二尉は、この三月をもって自衛隊を退官し、ソリストとして独立する予定だ。三月には大きな演奏会もないため、真壁が自衛官の制服を着て舞台に立つのは、今日の陸海空合同コンサートが最後となる。

――むしろ、遅すぎたくらいだよね。

これまで、海外を含むどれだけ多くの楽団が彼との共演を望んだか知れないが、航空自衛隊に所属する彼は、常に音楽隊の演奏活動を優先させていて、空《あ》いた時間だけ外部からの招聘《しょうへい》に応じていた。自衛隊を辞めてソリストになったほうが、海外にも自由に行けるようになるし、音楽活動の幅が広がるんじゃないかと勧める人も多かったようだが、真壁はにこやかな笑顔で首を横に振ってきたらしい。

(だって僕は、音楽隊に育ててもらいましたから)

佳音が航空中央音楽隊に入った時には、既に真壁は音楽隊にとってかけがえのない存在になっていた。真壁は、中学・高校と吹奏楽部で活動し、高校在学中に音楽隊のオーディションを受けて一発で合格した。現在ではほとんどが音大卒業者から採用されることを思えば、異例と言ってもいい。音楽に関する専門知識は、音楽隊に入ってから身に付けたものだった。自分は音楽隊に育てられたと、彼が公言するのは本心だろう。

しかし、その涼しい言葉の裏で、吹奏楽に限らず幅の広い演奏活動に携わりたい、様々な楽団や演奏者と出会い、新たなチームを組み、世界的なレベルで切磋琢磨《せっさたくま》して自分を磨きたいという、トップクラスの音楽家らしい素直な気持ちを、じっと殺してきたのではないかとも佳音は考えるのだ。

「今日も、いい演奏しようね!」

真壁が天真爛漫《てんしんらんまん》な笑みを浮かべ、渡会と佳音の手をきゅっと握って立ち去った。ふう、と小さく吐息を漏《も》らす。

「さすが真壁二尉。天然エンジェル——」

「んもう。佳音が、バスに隠したアレのこと、ぽろっと喋っちゃうんじゃないかとハラハラしたわよ！」

美樹が佳音の背中を平手で叩いた。無事に切り抜けられてほっとしたらしい。

「喋るわけないじゃん」

渡会が、何の話かといぶかしげにこちらを見ているので、佳音は美樹と真弓クンの背中に手を回し、こそこそと部屋の隅に逃げた。

「とにかく、バスが消えたのは変よね。合同演奏のリハーサルが終わったら、午後の本番までにバスとアレを確認しなくちゃ」

「そうね」

美樹が力強く頷く。

真壁二尉の退官まではまだ少し日があるが、最後の演奏会を記念して、彼女らは女性隊員全員で、あるものを用意した。発案したのは美樹で、育休中の安西夫人をはじめ、女性一同が賛同している。

「真壁さんの卒業、粛々とお祝いしましょう」

佳音が囁《ささや》き、皆でしっかりと頷きあった。

第二部は、ジョン・ウィリアムズ特集と銘打った、陸海空自衛隊の選抜チームによる合同演奏だ。ジョン・ウィリアムズと言えば、映画『ジョーズ』『ポセイドン・アドベンチャー』『インディ・ジョーンズ／魔宮の伝説』『E.T.』など、数多くの映画音楽で知られる米国の作曲家だ。一曲目は一九八四年ロサンゼルス・オリンピックのために作曲された『オリンピック・ファンファーレとテーマ』。二曲目は交響組曲『スター・ウォーズ』を演奏する。

合同演奏も仕上げは終わっており、リハーサルは短時間で終了した。合同演奏チームには、佳音とフルートのりさぽんは参加することになったが、渡会や美樹たちは不参加だった。次回は七月に横須賀《よこすか》で開催されるため、曲目によっては他のメンバーが出る機会があるかもしれない。

いつもは音楽隊の隊員がステージのセッティングも行うが、今回は中部航空音楽隊に任せることができるので、楽器と楽譜を抱えて佳音が控室に戻ろうと歩きだした時だった。

「ごめんなさい！」

急いだつもりはなかったが、パイプ椅子の間をすり抜けようとして、座っていた誰かの肩に楽器が当たったらしい。しわがれた驚きの声と共に、相手の楽譜が床にばらまかれた。

「わっ、本当にごめんなさい！」

慌ててしゃがみ、他の誰かに踏まれる前にと、散らばった楽譜をかき集める。

「大丈夫だって、鳴瀬。自分でやるからさ」

ひとまず拾い上げた楽譜を抱えて顔を上げれば、自分と同じ色の制服を着た、航空中央音楽隊のトランペッター、安藤稔《あんどうみのる》一等空曹がこんがり焼けた顔で笑っていた。

「な、なんだ。安藤さんでしたか」

「なんだはねえだろ。ぶつかっといて」

「いや、てっきり海自の人かと」

ちぇっと舌打ちしながら、目を細めて佳音が揃えた楽譜を受け取る。先月の誕生日には、五十歳の大台に乗ったと大騒ぎしていた大先輩のひとりだ。酒焼けしたのかと思うほどハスキーな声だが、声変わりしてからずっと、こういう渋い声をしているというのは、安藤の自慢のひとつだ。この声にトランペットなので、たまに音楽隊がディキシーランド・ジャズなど演奏する時には、歌でも重宝されている。目鼻立ちが大きくはっきりしていて役者のように舞台映えするし、どことなく昔の時代劇に出て来る「天下御免の向こう傷」――そう、旗本退屈男に似ているもので、「主水之介《もんどのすけ》」と呼ばれているのはご愛嬌《あいきょう》だ。

「あれえ。安藤さん、今の楽譜、トラ――」

拾い集めた楽譜の中に、『トランペット吹きの休日』があった。今日の演奏曲には入っていないのに、どうして持ってきたのだろう。不思議に思って佳音が口を開くと、安藤がぎょろりと大きな目玉を剝《む》き、「しっ」と囁いて大急ぎで唇に指を当てた。

「ど、どうしたんですか、安藤さん」

迫力のある表情豊かな目でじろりと睨まれると、魂を吸い取られそうだ。

「鳴瀬、このことは誰にも喋るんじゃねえぞ。わかってるな、絶対に誰にも喋るなよ。お前の仲間にも、誰にもだ。いいな」

浅黒い顔で睨まれ、佳音は反射的に首を縦に振った。安藤は大きく頷き、軽く佳音の肩を叩くと、楽器と楽譜を抱えてそのまま立ち去った。

――いったい何なんだろう。

わかってないぞ、主水之介。楽譜について尋ねただけなのに、あんなに怖い顔をされると、ますます好奇心が疼《うず》くじゃないか。

「鳴瀬さん！　鳴瀬さん！」

誰かが呼ぶ声に気づいて立ち上がった。廊下に出ると、美樹と真弓クンが階段のそばからこちらに手を振っている。

「どうしたの？」

ふたりとも青い顔をして、息を弾ませている。こんなところでマラソンしたわけでもないだろうに、どうしてそんなに顔に汗をかいているのだろう。

「バスが――」

いつもよく喋る美樹は、なぜか絶句していて、代わりに真弓クンが呻《うめ》くように言った。

「えっ、バス？　戻ってきたの？」

戻ってきたのなら、ふたりともどうしてそんな妙な態度をしているのだろう。

「いいから、鳴瀬さんも、ちょっと来てください！」

真弓クンが先に立ち、佳音の手を引っ張った。会場内を走ったりすると、たちまち幹部の雷が落ちるに違いないので、なるたけ速い急ぎ足で階段を降りていく。美樹も佳音に続いて降りてきた。

「ねえ、いったいどうしたの？」

真弓クンはアクトシティ浜松の大ホールの建物を出て、道の向こう側にある駐車場に急いでいる。荷物を運ぶ中部航空音楽隊の隊員たちとすれ違い、互いに笑顔で「お疲れさまです」と挨拶《あいさつ》を交わしたものの、気持ちは上《うわ》の空だった。駐車場に、今朝乗ってきたラピスラズリ色の音楽隊専用バスがしっかり停車しているのを見て、ほっとした。

「なんだ。バス、戻ってきてるじゃない」

浜松駅周辺は近年再開発したのか、建物の外観がみな新しく、高層ビルがそれほど多くないので、空がとびきり広い。音楽隊のバスがよく似合う街並みだ。

「ええ、バスは戻ってきたんですけど」

真弓クンはつかつかとバスの乗降口に近寄り、ぐいとドアを摑《つか》んで開けた。

「あれ、鍵かかってないの？」

そのまま真弓クンがバスに乗り込んでいくので、佳音も続いた。

「見てください。私、ここにアレを隠しておいたんです。みんなが降りてしまえば、帰りまで誰もバスに入る人はいないはずだから」

真弓クンが指差したのは、中ほどの席の上にある棚だった。隊員がすべての荷物を持ち出したバスの中は、空っぽだ。

「えっ——何にもないよ」

佳音は背伸びし、棚の奥まで確認した。

「盗《と》られたんじゃないの。鍵が開けっぱなしだったから」

いつの間にかすぐ後ろに立っていた美樹が、眦《まなじり》を吊り上げて怒っている。さっきから口数が少ないのは、どうやらカンカンになっているからのようだ。真壁の音楽隊最後のステージを記念して、記念品を渡そうと発案したのが美樹だけに、怒りがおさまらないらしい。

「いつもはみんなが降りたらすぐ、鍵をかけておくのに——」

こんなことは初めてだった。運転を担当する隊員が、うっかり鍵をかけ忘れたのだろうか。バスが一時的に姿を消したのも気になる。誰かがバスを動かしたってことだ。

「どうする？」

「ひょっとすると、誰かが忘れ物だと思って控室に持ち込んでいたりするかも」

「それならもうとっくに、心当たりがないか聞いて回ってると思うんだけど」

三人でわいわい言いながら時計に視線を落とし、佳音はわっと声を上げた。

「たいへん。もう一二〇〇《ヒトフタマルマル》を過ぎてるよ。一三〇〇《ヒトサンマルマル》から本番なのに」

「しかたないね。今日、真壁さんに記念品を渡すのは諦《あきら》めようか」

美樹が首を振りながら言った。残念だが、とにかく演奏会が優先だ。ぶつぶつ文句を言いながらも、戻るしかない。

「それじゃ、控室が近いから、フルートとクラリネットとサックス担当のお弁当、もらっていくよ。サックス男子の分もね」

弁当担当の真弓クンの負担を少しでも減らすため、控室に到着するとすぐ、佳音はサックス奏者の弁当をまとめて受け取り、配ってまわることにした。テナーサックスの美樹も手伝ってくれる。

「お弁当、持ってきたよ」

男性陣の控室をノックすると、渡会が顔を見せた。

「おう、サンキュ」

人数分の弁当を渡す。けっこう重いよ、などと言うまでもない。渡会ほど、毎日しっかり筋力トレーニングやランニングに励んでいる隊員はなかなかいないのだから。

「――じゃ、本番頑張ろうね」

渡会が何か言いたそうだった。弁当をごっそり抱えたまま、言いだしかねているようなので、佳音は空いた手でガッツポーズをつくり、踵を返そうとした。

「あ、ちょっと待ってくれ、鳴瀬」

受け取ったものを、そのまま隣にいたバリトンサックスの斉藤《さいとう》くんに押し付ける。あいかわらず、タンポポの綿帽子のような髪型は健在なのだが、近ごろ休日になるとお洒落《しゃれ》して、ふわふわの髪を整髪料で固めて出かけていくのは、ひょっとすると彼女ができたんじゃないかという、もっぱらの噂だった。

いきなり八個もある弁当を受け取った斉藤くんが、よろめいておろおろするのも構わず、渡会はさっさと控室から出て来た。

「ちょっとだけ、話があるんだ」

こっちへ、と指で示され、廊下の隅についていく。渡会がそわそわと鼻を撫《な》でたり顎《あご》をこすったり、なかなか話を始めようとしないのに苛立ち、佳音は首を傾げた。こんなに落ち着かない渡会を見るのは初めてだ。よくよく観察すると、額《ひたい》に汗を滲《にじ》ませている。気分でも悪いのだろうか。

「ねえ、なんなの？　私もご飯食べなきゃ」

「わかってるよ！　ちょっとだけだって言ったじゃないか」

明らかに苛々した調子で言われてびっくりした。

「なに逆切れしてんの？」

「いや――悪い。聞きたいことがあって」

「だから何？」

「――あのな」

この期《ご》に及んで、渡会は言い淀んだ。鼻の頭にまで、大粒の汗が浮かんでいるのを、佳音は不思議に思いつつ見つめた。まだ二月だし、ホールの空調は適切な温度で、暑いと感じるほどではないのだが。

「もうすぐ春だろう。噂、聞いてるか？」

「何の噂？」

佳音は眉をひそめた。渡会が、ちらりとこちらを横目で盗み見た。

「ほら——人事異動だよ。お前、もう何か聞いてるか」

「なんだ——そのことかあ」

自衛隊では、幹部はおよそ二年で異動になることが多い。広報の鷲尾二尉がそろそろ二年になるので、異動が近いのではないかと囁かれているし、今年は諸鹿三尉も別の音楽隊に異動になるかもしれないと、噂になっている。諸鹿はもともと東北の出身で、北部航空音楽隊への転属希望を出しているらしいのだ。諸鹿ファンを自任する女性隊員たちは、今からがっくりと肩を落としている。

——渡会にも、意外と可愛いところあるじゃん。

佳音が熱烈な諸鹿ファンだと知り、彼の異動で落ち込んでいるかもしれないと心配してくれたのだろうか。

もちろん、朝出勤して、諸鹿の涼しげな顔を見ることがなくなると思えば寂しい。もうじき結婚してしまうとはいえ、残念だ。

——しかし。

「大丈夫だよ、渡会。そりゃ私は、諸鹿さんの大ファンだけどさ。職場なんだし、もし諸鹿さんが異動になったとしても、公私混同なんかしないから。しばらくはみんなと一緒にがっかりするかもしれないけどね。心配してくれて、ありがと」

「そ——そうか」

それじゃ、と渡会は口ごもりながら言うと視線を床に下げ、こちらを振り向きもせず控室に戻っていった。本番直前に、ステージ以外のことに気を散らすなんて、渡会にしては珍しい。

——変なやつ。

佳音は首をひねった。


一七〇〇《ヒトナナマルマル》。

二回目のコンサート開演とともに、およそ二千名の聴衆でびっしりと埋まったホールの幕が開き、盛大な拍手のなかステージに進み出て位置につく。客席から向かって右手——いわゆる上手《かみて》には、陸海空の音楽隊の隊旗が並べて飾られ、演奏する自衛官の制服と共に、これが自衛隊の演奏会だとアピールしている。

一回目と同じ内容を繰り返すとはいえ、最後まで気を抜けない。腰を下ろし、楽器を抱えたとたん、今まで気がかりだったことが、すうっと背後に遠のいていく。消えて戻ってきたバスのこと、なくなった記念品、諸鹿三尉の婚約——。

アルトサックス同士、隣に座る渡会は、もういつもの渡会だった。楽器を抱えても、睨むような目つきで、背筋を伸ばしてまっすぐ顔を上げている。

副隊長の吉永《よしなが》三等空佐が舞台の下手《しもて》から登場し、割れるような拍手を浴びて指揮台に上がると、佳音の雑念はきれいに晴れた。

第一部、トップバッターの航空中央音楽隊が演奏する一曲目は、佳音も大好きな行進曲、『希望の空』だ。タイトルの通り、抜けるような青空が目に浮かぶ、元気がよくて明朗なマーチだった。吉永三佐の指揮棒《タクト》が振られる。のっけから、印象的なファンファーレを気持ちよく吹き鳴らす。

クラリネットとアルトサックスの主旋律で始まる軽快な第一マーチにフルートが参戦する。二十一小節目の弱起《アウフタクト》――フレーズが前の小節の途中から始まること――から、いっきに楽器が増えて賑やかになった第一マーチに、トロンボーンやユーフォニアム、テナーサックスなどによる低音の対旋律《たいせんりつ》が加わり、音が厚みを増した。パワフルな第二マーチを経てぐっと盛り上がり、ふたたび第一マーチの主題へ。その後は、他の楽器や演奏者との一体感を存分に味わいながら、転調し雰囲気を変えて、とびきり静かで美しい旋律を奏でるトリオへと続いていく。

――希望の空って感じするなあ。

佳音は演奏しながら目を細めた。世の中には辛いことも、厳しいことも、目をそむけたくなる現実もたくさんあるから、だからこそ希望を失わずに生きていくのだと、音楽に励まされる気がする。決めのラスト四小節を華やかに締めくくると、会場がわっと沸き、惜しみない拍手が起きた。

佳音は隣にいる渡会の横顔に、視線を滑らせた。いつもはステージにいる間、他のメンバーを気にかけたりしない。だが、先ほど渡会が見せた、妙な態度が気がかりだった。

——いったいどうしたんだろ。渡会ったら。

渡会は、青森県の高校の同窓生で、おまけに同じ吹奏楽部の仲間だった。佳音は寄り道せず音大に進学し、向こうはいったん法学部に入った後、音大に進学し直したために、音楽隊に入ったのは一年だけ佳音が先輩だが、ようするに昔なじみだ。お互い、あけすけで正直な性格だし、同窓のよしみもあって、これまで秘密も隠しごとも一切ない——つもりだったのだが。

舞台のそでから、二曲目の独奏者である真壁二尉がコルネットを摑んで颯爽《さっそう》と登場すると、再び会場が温かい拍手に包まれた。ユッキーナこと真壁二尉は、いつもの丸いメガネににこにこ笑顔で客席に向かって一礼し、指揮の吉永三佐に目で合図した。いよいよだ。

二曲目は、フィリップ・スパークのコルネット独奏曲『マンハッタン』。スパークはイギリスの作曲家で、ブラスバンドや吹奏楽のための楽曲で知られている。東日本大震災の折には『陽はまた昇る』を作曲して提供するなど、わが国とのゆかりも深い。『ハーレクイン』や『パントマイム』のようなユーフォニアムの独奏曲も多くものしている。

真壁が、この演奏会を最後にして、自衛隊を退官することは、まだ対外的に発表されていない。それでも、八から九倍という高い抽選倍率をくぐり抜けて今日ここに来ている聴衆の中には、真壁のトランペット目当てで来た人も少なくないはずだ。

佳音は真壁の背中を見つめた。小柄なのに、ステージでは目を瞠るほど大きく見える。吉永三佐のタクトが上がる。『マンハッタン』の前半「サタデー・セレナーデ」のゆったりと静かな導入部に、するりと真壁のコルネットが滑りこんでくる。セレナーデとタイトルがつくだけあって、夕映えに輝くマンハッタンの高層ビル群を背景に、シルエットとなった恋人同士が静かに語らうような穏やかで優しい曲調から、感情の高まりを表現してぐっと盛り上がり、印象を切り替えて後半の「サンデー・スケルツォ」へ。高い技術力を要求されるスピーディなソロを、真壁はいかにも楽々と、なんでもない曲のように正確無比に吹いてしまう。この人が世界中の楽団から共演を要請されるのも当然のことだ。たったひとりで、ぐいぐいと楽団を引っ張る力があるのだから。

合わせて九分半ほどの曲には、コルネットの見せ場も、伴奏との楽しい掛け合いも、ぎゅっと詰まっている。これほど充実した演奏も、なかなかないだろうと思う。

——真壁さんと舞台でこんなふうに合奏するのも、これが最後なんだ。

ふっと、そんな考えが脳裏に浮かんで、ほんの一瞬自分の手元がおろそかになり、佳音は焦った。ミスにつながらなくて良かった。音楽隊もひとつの組織なので、出会いもあれば、別れもある。佳音を指導してくれた村上昇《むらかみのぼる》空曹長も隊を去ったし、安西夫人だって、一時的なこととはいえ現在は育休中だ。異動で別の音楽隊に移った仲間もいる。別れを恐れていては出会いもないと頭では理解しているし、これまで誰かが退職したり異動になったりしても、寂しいと感じたことはなかったのだが。やはり、真壁には、どこか気持ちの上で存在を頼りにしていたところがあったのだろうか。

嵐のような拍手のなか、真壁が心をこめて頭を下げる。これで最後なんだ、と佳音はあらためて感じた。

次の海上自衛隊東京音楽隊と交代するため、舞台の下手に退場しながら、頰に冷たいものを感じて手の甲で拭《ぬぐ》った。

——あれ。

濡《ぬ》れている。

別に泣きたいわけでもないし、目が痛いわけでもない。わけがわからず、自分でも呆然としてステージの裏で佇んでいると、いつの間に来たのか、渡会が横から強引に楽譜の束を奪った。

「ほら、さっさと控室に戻る」

あいかわらずぶっきらぼうなやつだ。

「あ——、渡会サンキュ」

ごしごしと目をこすった。

「なんでだろ。ライトが眩しかったのかな？」

相手が何も言わないので、控室に向かって、しばらく黙々と歩いた。女性用の控室まで来ると、楽譜を返してくれながら、渡会がぼそりとよけいなことを呟いた。

「鳴瀬、お前ってホント——変わってるよな」

いつもなら、何が変わってるのよ！　と声を張り上げるところだが、渡会の口調がなぜかしんみりしていて、強く反発しそこねた。

「なによ、もう」

調子が狂うではないか。

「それじゃ、また後で」

佳音は第二部にも出演するが、渡会はこれでお役御免だ。それをネタに冗談のひとつでも言おうかと思ったが、渡会の背中があんまり寂しげだったので、言いそびれた。やつもやっぱり、真壁の退官で気落ちしているのだろうか。

「あ、佳音が帰ってきた」

控室から美樹の呼び声が聞こえた。

「どうしたの？」

美樹と真弓クン、りさぽんが額を寄せて、なにやら密談の最中だ。美樹がこちらを見て、眉をきりりと上げた。

「聞いてよ。ステージから帰る途中で、諸鹿三尉を見かけたの」

「それで、美樹先輩が諸鹿さんにバスのことを相談したらしいです」

真弓クンが横から口を挟む。りさぽんは控えめに、ぬいぐるみの小熊のようにコクコクと頷いている。

「え──相談って」

「バスに残しておいたものがなくなったことと、バスのドアの鍵が開いてたことを話したのよ」

美樹はいかにも怒ったように口を尖《とが》らせた。

「諸鹿さんを見損なったわ！　いま忙しいから後で調べるって逃げられちゃった。鍵が開いてたなんて、信じられないですって。何よあれ！　いくらステージ本番だからって、幹部なら手も空《す》いてるんじゃないの？」

「うーん、来客もあるかもしれないし、突発的な不測の事態にも対応しなくちゃいけないしさ——」

「佳音は諸鹿さんがお気に入りだから、そうやってかばうけどさあ」

佳音はため息をついた。とっさに諸鹿の肩を持ったものの、たしかに美樹が言うとおり、いつもの彼らしくない。音楽隊きってのお調子者で、安楽椅子探偵《アームチェアディテクティブ》を自任するのは美樹だが、なんのかのと渋い顔をしながら、彼女の裏で調査したり推理したり、進んで協力してきたのは諸鹿なのだから。

——なんだか今日は、いろいろ変な感じ。

バスは消えるし。バスに隠しておいた大切なものは失われるし。渡会の態度は妙だし、諸鹿までいつもと違う。

「決めた」

美樹がすっくと立ち上がった。

「な、何を——」

「犯人を突き止めてみせる。アレを持ち去ったやつ」

「だって、ホールの外の駐車場でしょ？　誰でも出入りできるし、外部の人が持っていったのなら、突き止められるはずがないよ。警察にでも届けない限りさ」

「そうですよ、美樹先輩。モノがモノですし、警察に届けたところで、出てくるとは思えません。出てきたって、もう使い物にならなくなってるでしょうし、今日じゃないと意味がないし――」

真弓クンも加勢してくれたが、美樹の探偵熱は既に燃え上がってしまったようだ。

「外部の犯行ではないと思うのよ」

「ええっ、どうして？」

「だって、もし鍵が開いていたとしても、音楽隊とは無関係な人があのバスを見て、普通さ、ふらふら乗り込んでいく？」

「そうは思わないけど、普通じゃないからアレを持ち去ったりしたんじゃないの？」

一応、首を傾げながら異議を唱えてみる。

「違うわよ。百歩譲って、関係ない人がバスに入ったとして、真弓クンが隠しておいたものは、ぱっと見て中身がわからないようにしておいたんでしょ。そんなの、ピンポイントで見つけてわざわざ持ち去ったりする？」

「――たしかに大きなものですけど、誰にも見つからないように、目立たない紙に包んで棚の奥に隠しておきましたから、ただバスの中に乗り込んで歩いただけなら見つからないと思うし、たとえ見つかったとしても高価なものだとは思わなかったかもしれません」

真弓クンが、ちょっと考えて頷いた。佳音は肩をすくめ、唇を曲げた。

「それじゃ――どういうこと？　誰がアレを持ち去ったってわけ？」

「決まってるじゃない」

美樹が瞳をキラキラさせた。さすがは、好奇心の女王と呼ばれるだけはある。

「私たちがアレを用意したことを知ってる人よ」

「それはないよ、だって真壁さんへのプレゼントなのに――」

うっかり大声で言った佳音は、三人に顔を寄せられて「しーっ」と叱責《しっせき》された。怖い。

美樹が目を光らせる。

「いい？　真壁さんに今日プレゼントを贈ることは、女性隊員全員が知ってたわよね。だけど、真弓クンがそれをバスに隠したことを知っていたのは、今日この控室を使っている五人だけよ」

つまり、美樹と真弓クン、りさぽんに土肥さん、佳音の五名だ。

「この五人以外は、プレゼントがあそこにあることを知らなかったの」

美樹が重ねて繰り返したので、佳音はぽかんとした。何を言いだすのだろう。

「あそこに置いてあることを知らなければ、持ち出すことは難しい。つまり、持ち去った人は五人の中にいるということよ」

美樹以外の三人が静まりかえったのは、当然のことだ。自分が犯人かもしれないと美樹に指摘されたようなものだった。佳音は引きつった笑みを浮かべた。

「ちょっと、美樹――。今回は名探偵になり損ねたわね。いくらなんでも、その推理はないわよ。私たちの中に犯人がいるっての？」

「私も悪戯《いたずら》っ子ですけど、いくらなんでもそんなことはしませんよ」

りさぽんが丸い頬をさらにふくらませた。彼女の場合は、悪戯っ子というか、男性用内務班に何度も侵入しては、男性隊員たちの心の安寧《あんねい》を脅かしたという、ちょっとした前科があるのだ。男性用内務班というのは、男性用の独身寮のようなものだ。

「そうですよ、美樹先輩。だいいち、その推理に従えば、私が一番怪しいってことになっちゃいますよ。だって、バスの中に隠したとはお話ししましたけど、どこに隠したかなんて具体的なことは言わなかったんですからね」

真弓クンが真剣な顔で異議を唱える。

「あれだけ大きいんだから、知ってる人が見ればわかるじゃない。私だって、疑いたくないけどさ」

美樹が唇を噛んだ。

「だけど、論理的に考えるとそうなるでしょ。偶然バスに乗り込んで、偶然アレを見つけて盗んだなんて、可能性としては低すぎない？」

うーむと四人は腕組みをして考え込んだ。

美樹の言葉にも一理あるかもしれないが、ここにいる四人の中に犯人がいるなんて考えたくない。あとのひとりは最近ここに来たばかりの土肥さんだ。当然、真壁さんとの接点は少ないのだが、彼女がそんなことをするわけがない。

佳音は、ぶんぶんと頭を横に振った。

——仲間を疑うなんて、とんでもない。

ドアが強くノックされた。

「鳴瀬、まだいるのか？　そろそろ行かないと、第二部だぞ」

渡会の声がした。自分は出ないくせに、他人のスケジュール管理にまで口を出すとは、マメな男だ。

「渡会ったらさ、私のお母さんじゃないんだから、いちいち指図しなくても大丈夫よ」

佳音がふくれっ面になると、渡会が呆れたように唇を曲げる。

「お前がいちいち頼りないからだろ！」

美樹たちが顔を見合わせて苦笑いした。

「それじゃ、行ってくる。美樹、早まっちゃだめよ。ただの偶然ってことだって、ありうるんだからね。あんな大きなもの、隠し場所にだって困るはず。どう考えても無理だと思うよ」

早まって土肥さんを問い詰めたりしたら、とんでもないことになる。美樹が神妙に頷いた。

「わかってる」

楽器と楽譜を抱えて佳音が控室を出ると、渡会が顔をしかめて近づいてきた。

「お前らいったい、何の話をしてたんだ？　妙に深刻そうだったけど」

「なんでもないよ」

急ぐから、と応じて早足になろうとした時、思いがけない人の姿を見かけて、佳音は足を止めた。ほっそりと華奢《きゃしゃ》な身体つきだが、産後で少しは丸みをおびている。しっかり栗色のつややかな髪を巻いている彼女は——。

「安西夫人！」

夫人がこちらを振り向き、にやりと笑って手を振った。

ジョン・ウィリアムズは数多くの映画音楽を手がけ、映画音楽の製作者のように言われることもあるが、映画『スター・ウォーズ』にせよ、『レイダース／失われたアーク』にせよ、ワーグナーやバーンスタインの流れも汲《く》む、新しい時代のクラシック音楽だとも言えるだろう。何が凄《すご》いって、たとえ『スター・ウォーズ』シリーズを見ていなくても、『ダース・ベイダーのテーマ』こと『帝国のマーチ』を一度も聞いたことがない人は、ほとんどいないだろうということだ。映画を知らなくても、ダース・ベイダーのあの異様な黒いヘルメットと軍装を知らない人が少ないのと同じことだ。『帝国のマーチ』は、今でもピアノ独奏やフルオーケストラなど、様々な編成で演奏され続け、音楽家たちを魅了している。

佳音は位置につき楽器を抱えて、第二部の指揮者である航空中央音楽隊の隊長を待った。よく知られた『帝国のマーチ』が始まると、客席の気持ちがステージににじり寄るのを感じる。多少お茶目な人間なら、ダース・ベイダーの真似でフォースの剣を振ったりして、スター・ウォーズごっこくらいしたことがあるはずだ。勇壮な戦士の行進が目に浮かぶ『フラッグ・パレード』は、聞くだけで身体が弾むようだし、続く『レイア姫のテーマ』は、息を呑《の》むほど旋律が美しい繊細な曲だった。のっけから不穏なパーカッションと不協和音でドキドキするが、どこかにお茶目なユーモアも感じられる『森の戦い』や、ゆったりとして森の賢者らしい『ヨーダのテーマ』へと続き、ラストがいよいよ、誰もが知る『スター・ウォーズ』の迫力満点のメイン・テーマとなる。

最後まで神経を研ぎ澄ませ続け、拍手がホールに轟《とどろ》くと、佳音もホッとした。航空中央音楽隊だけの演奏会では、アンコールに『空の精鋭』などの航空自衛隊のマーチを演奏するのが定番になっているが、今日は陸海空合同なので、アンコールに用意したのは、同じくジョン・ウィリアムズ作曲による、スティーブン・スピルバーグ監督のコメディ映画『１９４１《いちきゅうよんいち》』から、『１９４１のマーチ』と、伊藤康英《いとうやすひで》作曲による浜松市の市歌をモチーフにしたマーチ『浜松』の二曲だった。

吹奏楽演奏なので歌詞が歌われないのが惜しいくらい、林望《はやしのぞむ》作詞による浜松市歌の歌詞は今日のコンサートのテーマ「未来へ」にもぴったりだ。

どんなに会場の拍手が熱くても、自衛隊の演奏会はあらかじめアンコール曲までしっかり決めて「演奏計画」をたて、「命令」を受けた上で演奏するため、その場で追加のアンコールに応えることはできない。それはちょっぴり残念だったが、ステージを降りると安西夫人がにこにこしながら待っていた。

子どもが産まれて数か月、淡い色のワンピースや、きれいに巻いた髪、女優のようなメイクにもアクセサリー類にも、まったく手抜きをしない安西夫人にはため息をつくしかない。

「たまには、ステージを降りて聴き手に回るのも悪くないわね、鳴瀬さん」

「吹かなくていいと気楽だったでしょう」

控室に戻りながら、安西夫人が肩をすくめる。妊娠期間中は、精神が不安定になることもあると聞く。もう産まれたとはいえ、嫌みのひとつも言われるかと身構えたが、彼女は何も言わずに周囲を見回した。安西夫人は安西夫人だ。この徹底した精神の安定感、バランスの良さはどうだろう。

「女の子だったんですよね？」

「そうよ。今日は狩野に預けてきたけど」

安西夫人がウインクする。

「今日中に立川に帰るのなら、そろそろ撤収ね。いつ渡すの？」

真壁二尉へのプレゼントのことだ。そう言えば、まだ安西夫人に、プレゼントが消えたことを話してなかった。

「それが――」

説明しようとした佳音の声は、歓声と共に駆けつけてきた真壁の喜びに溢《あふ》れた声にかき消された。

「安西さん！　わざわざ浜松まで来てくれたんですか。いや——もう安西さんじゃなくて、狩野さんですよね」

ちょっぴり声に寂しさを滲ませながら、安西夫人の手を取らんばかりにして、にこにこと笑顔を振りまいている。安西夫人は、長年一緒に演奏した真壁の自衛隊最後の演奏を聴くために、浜松まで来たのだ。

「とびきり良かったわよ、今日の『マンハッタン』」

安西夫人が、珍しくしんみりと告げて微笑《ほほえ》んだ。真壁が、たちまち目をうるませ、曇り始めたメガネを外して目を拭った。

「ありがとうございます」

控室の荷物を片づけ、隊員たちは続々と駐車場に向かっているようだ。佳音が自分の控室を覗きこむと、美樹や真弓クンたち同室者の荷物はすっかり消えて、佳音の着替えだけがぽつんと残されていた。どうやら取り残されたらしい。

「わっ、急いで着替えなくちゃ」

「下で待ってるわ、鳴瀬さん。真壁二尉、少しこちらでお話ししましょう」

真壁とゆっくり話したいらしく、安西夫人はあっさり解放してくれた。真壁を連れて、階段を降りていく安西夫人の後ろ姿が見えた。たしか、音楽隊に入ったのは、安西夫人が一年先のはずだ。安西夫人の言葉に、いちいち頷きながら歩みを進める真壁の背中に、なぜか胸をつかれた。まるで、信頼しあっている姉と弟みたいだ。

慌てて楽器をケースにしまうと、演奏服から作業服に着替えて、こまごましたものをバッグに突っ込み、控室を飛び出した。

急ぎ足で階段を降りながら、あらためて思う。今年の夏には、横須賀で陸海空合同コンサートが企画されている。何か自分自身の環境が大きく変わらない限り、この生活が、たぶんこれからもずっと続いていく。しかし、真壁と一緒に演奏することは、この先ほとんどない――ひょっとすると、まったくないかもしれない。退官後、真壁は既に演奏会の予定があるとも聞いているから、その気になれば、彼の演奏を聴きに行くことはできるかもしれない。

思えば、自分はなんてぜいたくな時間を過ごしてきたのだろう。立川の基地や、音楽隊の庁舎にだって当たり前のように出入りしているけれど、それは自分がこの仕事に就いたからに他ならない。似たようなことが、世の中にはたくさんあるはずだ。都会に林立する高層ビルに出入りする人々だって、その多くがそこで働いているからこそ、出入りできるのだろう。

知り合う人々も同じだ。たまたま、同じ職場に勤めたから出会った。人生のある時点で、吹奏楽に心を惹《ひ》かれなかったら。サックスという楽器を選ばなかったら。音大に入り、大学の教務課が航空中央音楽隊を紹介してくれなかったら。その年、音楽隊がサックス奏者を募集していなかったら。

そうしたら、自分はここにいなかった。

真壁二尉とも、安西夫人とも、美樹や真弓クン、りさぽん、諸鹿三尉とも会えず、渡会とさえ再会しなかったかもしれない。

――ほんとに、一期一会なんだな。

一瞬と一瞬、ほんの小さな偶然の積み重ねが、自分をここまで運んできた。そう考えると恐ろしいような気さえする。出会いも偶然の積み重ねなら、何かのきっかけで別れていくのも日々の積み重ねの結果なのだ。

「佳音――！」

もの思いにふけりながら駐車場に向かうと、美樹の声が聞こえてはっとした。駐車場で大きく手を振っている。

夜になり、昼間見た時には大型バスで満杯だった駐車場にはひと気《け》がなく、もう音楽隊の青いバスしか残っていなかった。その横に、バスを背景にするかのように、ずらりと航空中央音楽隊の隊員らが整列しているのを見て、佳音はきょとんとした。

――何をやっているのだろう。

帰るのなら、さっさと乗り込めばいいのに。

しかしよく見れば、何人かがまだ列に加わっていないようだ。トランペット奏者たちと、真弓クンの姿がない。

「早く、早く！　荷物貸して」

美樹が手招きし、ひったくるように佳音の手から楽器ケースと鞄を奪った。彼女が小走りにバスの乗降口に向かうと、中からぬっと誰かの手が出て、荷物を受け取る。

「こっちです、鳴瀬先輩！」

りさぽんと土肥さんが、後ろの列から手を振った。先に階段を降りたはずなのに、安西夫人と真壁の姿も見えない。いったい、何がどうなっているのだろう。

「ねえ、これどうしたの？」

佳音が列に滑りこむと、りさぽんが人差し指を唇に当て、静かに、と囁いた。続けて何か言いかけたようだが、その声は諸鹿三尉の「気をつけ！」という気迫のこもった号令にかき消された。はっと正面に向き直り腕を体側に伸ばす。

アクトシティ浜松を離れこちらに近づいてくる、真壁と安西夫人が見えた。真壁はちょっと驚いた表情で、ほんのり頬を紅潮させている。

その時、背後のバスからトランペットによるファンファーレが高らかに吹き鳴らされたので、佳音はぎくりとした。同時に、大きな布がばさりと広がるような音も聞こえた。何が起きているのか見たい、後ろを振り向きたい。しかし、振り向いてはいけない。ここは我慢——だけど。

「真壁二尉に、敬礼！」

真壁の二年後輩にあたる諸鹿が声を張ると、整列した全員がぴしりと敬礼し、トランペットは『トランペット吹きの休日』のさわりを演奏し始めた。真壁が、大きな目を早くも真っ赤にうるませ、敬礼に応じた。

バスから誰か降りてくる。整列した隊員たちの横を通り過ぎていくのは、大きな花束を抱えた真弓クンで、佳音は思わず目を瞬《しばたた》いた。

——アレ、見つかったの？

真弓クンが持っているのは、バスに隠していて失われたはずの花束だ。

「真壁二尉！　今まで本当にお世話になりました。ありがとうございました！」

背の高い真弓クンがぴんと背筋を伸ばすと、花束のボリュームにも全然負けない。きれいに腰を折って会釈し、花束を真壁二尉の腕に届けた。ユリの花に似ているが少し違う。下を向いて垂れる白い花弁の先が、オレンジ色に染まりくるりと巻き上がった形状の、珍しい花だ。

——名前はエンジェルストランペット。

またの名をキダチチョウセンアサガオ、あるいはダチュラとも呼ばれる。天使のトランペットという優雅な名前の通り、下向きに咲きこぼれる花は、天界の天使らが今まさに人間界に向かって吹き鳴らそうとしている楽器のようにも見える。

真壁の最後の舞台に、何か記念になるものを——と探した時、真弓クンが真っ先にこの花を勧めたのだった。本来の開花の季節は春から夏にかけてでもう少し先なのだが、温室栽培などで早く開花させたものを、なんとか手に入れてきたのだ。

真壁は、花束を大切そうに抱きかかえ、鼻の先を真っ赤にしてか細い声で「ありがとう」と真弓クンに頷いた。

「この花、エンジェルストランペットっていうんですって」

真壁の隣に立った安西夫人が、優しく告げた。「トランペット」と呟いた真壁が、泣き笑いのような顔になる。

「あなたにぴったりだって、後輩女子たちが探し回ったのよ」

「少し早いですが、真壁二尉、音楽隊ご卒業おめでとうございます！」

諸鹿が涼しい声で告げて敬礼すると、こらえきれずに真壁の頬にぽろぽろと涙がこぼれた。佳音もなんだか胸がつまり、鼻の奥がつんとして熱くなってきた。あちこちから、女性隊員のすすり泣きが聞こえてくる。

やがて、安西夫人に渡された純白のハンカチで涙を拭った真壁が、メガネをかけ直し、真っ赤な目をしてしっかりと顔を上げた。

「皆さん、本当に、ありがとうございます。僕は長いこと、定年を迎えるまでみんなと一緒に演奏活動を続けるんだと、本気で考えていました。だけど——」

真壁が言い淀むと、安西夫人が勇気づけるように頷く。

「音楽隊が、僕にとってあまりにも居心地のいい場所になってしまってるような気がして。本当は、もっと自分に厳しく、自分を鍛える場所を探すべきなんじゃないかという気がして——だから僕は——」

なんとか言葉をつなげようとしたが、後は言葉にならず、真壁は洪水のように溢れる感情に押し流され、そのまま顔を覆ってしまった。安西夫人が優しく肩に手を置き、こちらに向かって微笑みながら頷くと、諸鹿が短く「解散！」と指示を出した。魔女の呪縛が解けたみたいに、わっとみんなが真壁を取り囲む。女性隊員が泣きながら真壁にすがりつく。男性隊員らは、真壁の背中を叩いたり、髪をくしゃくしゃにしたり。

——愛されてるよ、真壁さん。

気がつくと自分の頬も濡れていて、佳音はそっと手の甲で涙を拭った。誰にも親切で分け隔てがなくて、とびきりレベルの高い演奏をする人だったのに、偉ぶったところがなくて、いつも穏やかに笑っていた。そりゃ、誰だって真壁が好きになるだろう。

ふとバスを振り返ると、窓から覗いている主水之介こと安藤を始め、トランペットの仲間たちも、そっと目がしらを押さえている。バスから降りて来ないのは、わざわざ来なくても気持ちが通じ合っているからに違いない。

「あれ――」

音楽隊の専用バスには、巨大な横断幕が窓から垂れていた。

『真壁さん、今までありがとう！』

窓には造花やリボンの飾りつけが、これでもかといわんばかりにちりばめられている。いつの間にこんな飾りつけをしたのだろう。バスはずっとここに停められていて、ここで作業すると真壁に見られたかもしれないし――。

「まったく、ひやりとしたよ。吉川さんが、バスに隠しておいた花束が消えたって、詰め寄ってきた時には」

いつの間にか諸鹿が隣にいて、佳音はどきりと顔を上げた。

「どうやったんですか？　あんな手の込んだ飾りつけ」

諸鹿がにやりと笑う。

「みんながバスを降りて、演奏会場に去っただろう。その後、君たちはバスが消えたことに気づいたそうだね」

「そうです！　駐車場にこのバスが停まってなかったので、驚いたんです」

「そして、しばらく後で見てみると、またバスが戻っていた」

佳音は頷いた。諸鹿の言葉に間違いはない。バスが戻ったので念のため確認すると、真弓クンが隠した花束が消えていたのだ。車内に花束を隠したことを知っていたのは、女性用控室で同室だった五人しかいないと、土肥さんまで疑った。

「花束には誰も手を触れなかった」

諸鹿さんがにっこりと微笑んだ。

「ただ、バスが入れ替わっていたんだ」

一瞬、頭の中が真っ白になった。

——だって、あんな特殊なもの。音楽隊専用のバスで、全国に五台しかない——。

「あーっ！」

佳音の大声に、美樹たちが何事かと振り返る。浜松にそのうちの一台があるのだ。しかも、今日は合同コンサートの会場設営を手伝うため、中空音《ちゅうくうおん》——中部航空音楽隊の隊員たちが、バスに乗ってここアクトシティ浜松の大ホールに集合していたではないか。音楽隊のバスは、すべて同じサイズと構造をしているから、バスがすり替わったとは想像もしなかった。ナンバープレートを確認すれば、すぐに気づいたはずだが。

「君たちを困らせるつもりはなかったんだ」

諸鹿が、困惑したように頭に手を当てた。

「つまり――窓に垂れ幕を仕込んだり、飾りつけをしたりするために、私たちのバスをどこかに隠していたということですか」

「そうなんだ。演奏班はコンサートの用意があるから、飾りつけは僕らがやることになるじゃないか。ここでやると目立ってしかたがないし、控室の窓から見えてしまうからね。せっかくの趣向を真壁二尉に見られたくなかったから、ホールの地下駐車場に停めていた中空音のバスと、場所を交換してもらったんだ」

計画を大事にする自衛官のくせに、なんという大胆なことをするのだろう。諸鹿たちがみんなに隠れて飾りつけまでしていたのなら、そりゃ忙しくて当然だ。美樹に問い詰められて、逃げ回ったのも当たり前だった。事情を教えなかったのは、彼女の口からうっかり真壁に漏れることを恐れたからに違いない。

――どうせわれわれは、おしゃべりですとも。

「昼間見たバスは、鍵が開いてたんですよ」

「すぐそばに中空音の隊員がいたんだよ。駐車場を交換したことについて、誰にも言うなと僕が頼んだんだ。彼らは君たちが来るのを見て、急いでバスから離れて様子を見ていたって言ってたけど」

そういえば、中空音の隊員たちとすれ違ったのを覚えている。軽く挨拶しただけだったが、まさかそんな事情があったなんて——。

「それじゃ、花束はずっと私たちのバスの中に置かれたままだったんですね」

「そういうこと」

終演間際を見計らって、再びバスの入れ替えを完了すれば、ばっちりだ。

——なんてこと。

演奏会の当日に、いらぬ心配をしてしまったではないか。まったく、心配しただけ損をした気分だった。大仕事を終えた諸鹿は、涼しい表情でバスを眺め、くるりと振り返って、興奮冷めやらぬ表情で真壁を囲んで語りあい、頷きあっている隊員たちを見つめている。

「いつか、この光景を懐かしく思い出す時が来るんだろうね、僕たちも」

知性と理性の塊《かたまり》のような諸鹿にしては、珍しく感傷的なセリフだった。やはり、そろそろ異動が近いのだろうか。

佳音は黙って頷き、真壁らを見守った。諸鹿が、パンパンと軽く手を打ち鳴らす。

「そろそろ撤収しましょう。バスの中でも話はできますよ。さあ皆さん、バスに乗って」

帰りの車内は、みんな疲れているはずなのだが、あちこちから話し声が聞こえてきた。

安西夫人は育児休暇中なので、バスには乗らず新幹線で帰るそうだ。真壁が寂しそうだったが、安西夫人は優しく手を振り、バスを見送ってくれた。

「真壁二尉は、音楽隊に入った頃、まるでお姉さんみたいに安西夫人に懐《なつ》いていたんですって。最近ではもう、幹部になってしまったし、そういうわけにもいかなかったみたいだけど」

情報通の美樹が、隣に座って教えてくれる。

「――寂しくなっちゃうね」

真壁が退官し、諸鹿が異動になるかもしれず、安西夫人もまだしばらくは戻ってこない。

――ううん。

佳音は座席で背中を伸ばし、首を振った。

きっと、代わりに新しい人たちが来る。その人たちとまた、音楽隊での新しい日々を、一日、一日と刻みこんでいく。同じ楽譜を同じメンバーで演奏しても、まったく同じ音楽にはならない。——一曲ごと、いや一音ごとに成長する自分たちの音楽。新しい仲間と共に、また新しい世界を作るのだ。

「真弓クン、どうしたんだろ」

美樹が呟いたので、我に返った。

「どうかしたの？」

「ほら」

前方、諸鹿と渡会が並んで座る席の後ろに、ちゃっかり座り込んでいる真弓クンが、顔半分こちらに向け、しきりに腕を振って、佳音たちに何かを訴えようとしているようだ。心なしか、その横顔が青白い。

「ほんとに、どうしたんだろ」

「また胃が痛いとか」

「そんな雰囲気でもないし、もう演奏会は終わったしねえ」

心配だったが、席が離れているので走行中はどうしてやることもできない。来た時とは逆に、東名高速道路を西から東にたどる。途中で富士川《ふじかわ》サービスエリアにバスを停め、休憩を取ることはわかっていたので、それまで様子を見ることにした。そもそも、真弓クンのほうがずっと運転席に近い場所に座っているのだから、体調が悪くなったのなら隣の席にいる誰かに自分で訴えればいいのだが。

「どうしたのよ、真弓クン」

サービスエリアの駐車場に入り、休憩が宣言されると、外の空気を吸いたい人がぞろぞろとバスを降りる。真弓クンがこちらに手を振って、飛ぶように降りていったので、佳音は美樹と顔を見合わせ、後を追いかけた。

「たいへん、たいへんです、鳴瀬先輩！」

真弓クンは、なぜか青い顔をして、せわしなく足踏みしながら待っていた。二月の下旬、外は思わず身体が震えるほど寒くて、吐く息がいちいち白く凍る。

「何がたいへんなの？」

真弓クンの目が、周囲で誰も聞き耳を立てていないことを確認するかのように、きょろきょろと泳いだ。

「私――バスの中で、聞いちゃったんです」

「だから、何を？」

「前の席に座っていた諸鹿さんと渡会さんが、話しているのを――」

佳音は、ふうとため息をついた。そうか、やっぱり諸鹿の異動の件か。みんなして気を遣ってくれるのは嬉しいが、自分は諸鹿のことをとっくに諦めているのだ。もうじき結婚する人だし、諸鹿の婚約が決まったと聞いた時だって、正直、死ぬほどショックを受けたというわけでもなかったのだ。自分でも多少は意外な感じがしたくらいだった。結局、単にかっこいい先輩として憧れていただけということだったのだろうか。

「鳴瀬先輩、絶対に、絶対に驚かないでくださいよ。いいですね」

真弓クンが真剣な目をしてずいと顔を近づけてきた。正直、そんな大きな目をこちらに近づけられるほうが心臓に悪い。

「いったい何なの。早く言いなさいよ、真弓クン」

美樹がしびれを切らして催促した。彼女の口からも白い息がふわふわと立ち上る。真弓クンがごくりと唾《つば》を呑み、深呼吸をした。いちいち大げさなのだ、この子は。

「つまり、その――」

「つまり?」

「渡会さん、南空音《なんくうおん》に異動だそうです!」

たっぷり三十秒、佳音は白い呼気を垂れ流しながら、寒さも忘れて立っていた。

「え――――っ!」

サービスエリアに佳音と美樹の合唱がこだまする。何事かと、売店やトイレに向かっていた隊員や、サービスエリアの客たちが振り向き、こちらの様子を窺《うかが》った。

南空音――つまり南西航空音楽隊は、那覇《なは》基地に置かれている。那覇基地と言えば、沖縄ではないか。真夏の碧《あお》い海、珊瑚礁《さんごしょう》、真っ白な砂浜――。

――渡会が、沖縄に転勤になるって？

おぼろな月が浮かんでいる。

とっさに美樹が背中を支えてくれたのにも気づかず、佳音は言葉もなく呆然と立ち尽くした。

恋するダルマ

空港ターミナルビルから、沖縄都市モノレール「ゆいレール」の那覇空港駅《なはくうこう》に続く連絡通路に出た。とたんに、むっとする熱気と南国の気配が全身をとりまいた。

「うわ、沖縄だ――！」

鳴瀬佳音《なるせかのん》は小さく叫び、手を上げて日差しを遮《さえぎ》った。七月にしてこの、サングラスがほしくなる眩《まぶ》しさ。沖縄に着いた実感が、ひしひしと湧《わ》いてくる。佳音を追い越していったTシャツと短パンの軽装カップルが、初めのうちはこらえていたようだが、我慢しきれずクスクス笑うのが聞こえてきた。しまった、またやってしまった。立川《たちかわ》にいる同期の吉《よし》川美樹《かわみき》がそばにいたら、「佳音、心の声がダダ漏《も》れだよ！」と呆《あき》れただろう。

――今ごろ向こうは、定期演奏会が終わって、ほっとしてるところだろうな。

本来なら、佳音だってそのひとりだったはずなのだ。六月二十九日に行われた定期演奏会で緊張した神経を休め、わずかな間とはいえ安らぎを得ている――はずだったのに。

いつもは航空中央音楽隊のメンバーと共に行動するのだが、今日は特別だった。佳音ひとりきりでスーツケースと楽器を持ち、小ぶりのピンクのショルダーバッグを斜めがけにして、那覇に降り立ったのだ。いまひとつ沖縄らしくない青い半袖のシャツに紺《こん》色のスカートだが、これは私服だった。那覇基地に飛ぶ、定期便と呼ばれる輸送機に乗って行けと言われたのだが、スケジュールが合わなくて民間航空会社のチケットを取ることにした。たまには輸送機の簡素なシートじゃなく、普通の航空機のシートに座って出張するのもいいものだ。

連絡通路の両脇は、南国の花が咲き乱れるプランターで埋め尽くされている。佳音には、真っ赤な紫陽花《あじさい》に似たサンタンカ以外わからなかったが、沖縄到着を美しい花々に出迎えられるというのも気分がいい。香りを吸い込もうと、大きく深呼吸した。音大の卒業旅行で来て以来の沖縄で、何もかもが珍しく、スーツケースを転がしながらきょろきょろ周囲を見回すのをやめられない。ふと見れば、連絡通路の下の道路を、サンドレスを着た観光客の女性が、サンダル履《ば》きで真っ赤なスーツケースを引っ張っていく。いかにも旅慣れた、傷だらけのスーツケースだ。

——沖縄だなあ。

佳音は惚《ほ》れぼれとその後ろ姿を見送った。

那覇空港駅は、日本最西端の駅として知られている。日本最南端の駅は、同じゆいレールの隣の駅で、航空自衛隊那覇基地の最寄り駅でもある、赤嶺《あかみね》駅だ。二〇〇三年までは、鹿児島県にあるJR九州の西大山《にしおおやま》駅が日本最南端の駅だったが、ゆいレールの開業とともにその座を奪われ、現在はJR最南端の駅という称号に落ち着いている。

那覇空港駅から赤嶺駅までは、たったのひと駅三分間だ。座るほどの距離でもなく、佳音はスーツケースを引いたまま、出入り口のガラス窓に張り付いて外を眺めた。空港ターミナルはすぐ背後に消え、南国らしいソテツやヤシの群生が見えたかと思うと、ほどなく進行方向右側に那覇基地の敷地が視界に入る。目につくのは、退役したスターファイターことF－104Jなど、歴代の機体を四機並べた展示物だ。その奥に見える小高い丘の上に——。

——見えた！

佳音はわれ知らず身を乗り出した。

クリーム色の壁に、沖縄産の赤瓦を載せた長方形の建物が見えてくる。壁のひとつには、濃紺の制服を着てスーザフォンにぐるりと身体《からだ》を巻かれたピクルス王子と、フルートをかまえたパセリちゃん——自衛隊のマスコットキャラクターの絵が、濃い青色や白色の琉球ガラスを埋め込んで描かれているのだ。昼下がりの強い日差しを受けて、琉球ガラスがきらきらと輝いている。

——それが、那覇基地に置かれる南西航空音楽隊の本拠地だった。

「一三二五《ヒトサンフタゴ》、鳴瀬佳音三等空曹、着隊しました！」

「ごくろうさん。よろしく頼むよ」

南西航空音楽隊の川村《かわむら》隊長が、佳音の敬礼を受けてにこやかに頷《うなず》いた。

「川村隊長、みごとに焼けましたねえ」

感嘆すると、こんがりと日焼けした隊長こと川村伸宏《のぶひろ》一等空尉がにっと笑い、目尻に皺《しわ》を寄せた。

「うちは屋外のコンサートが多いからなあ」

羽田《はねだ》空港から那覇空港までおよそ三時間。佳音が那覇基地にやって来たのは、川村から航空中央音楽隊への支援要請があったためだ。航空自衛隊には、五つの音楽隊がある。防衛大臣の直轄部隊である航空中央音楽隊と、各方面隊司令官の直轄部隊となる北部航空音楽隊、中部航空音楽隊、西部航空音楽隊、南西航空音楽隊だ。組織としての命令系統は異なるが、五つの音楽隊は横のスケジュール連携をとり、異動調整はもちろん、必要があれば人材の貸出支援も行っている。

南西航空音楽隊は二十五名と小規模で、沖縄らしくジャズや南米音楽など、軽音楽を演奏する機会が多い。川村も言うとおり、年に五十回から八十回にもなる演奏活動のうち、九割がたが屋外で、屋内での演奏会は年三回ほどしかない。クラシックを演奏する機会は少なく、ふだん演奏する楽器だけではなく、沖縄の三線《さんしん》やパーカッションも担当するなど、少ない人数で様々な工夫とやりくりが必要だ。

「いや、まさかこんなに次々と故障者が出るとは思わなかったんだけどな。あんまり多いから、何かの呪いじゃないかって冗談言ってるくらいだよ」

「やだなあ川村隊長、怪談の夏にはちょっと早いですよ」

「うちは軽音楽中心だから、クラシック中心の中央音楽隊とは若干スタイルが違う。いい演奏をするのはもちろんだけど、プラスアルファでお客を喜ばせる工夫がいるんだ。そのへんは、鳴瀬もキャリアが長いし、学生時代はバンドをやってたって聞いてるから、不安はないよな」

確かに、音大時代は仲間四人で軽音楽のバンドを組んでいた。川村は、隊長室に佳音を招き入れて応接セットのソファを勧めた。二年前まで航空中央音楽隊で幹部として指揮をしていた川村とは、まんざら知らない仲ではない。もとはトランペットを吹いていて、先日退官した〈天然エンジェル〉こと真壁《まかべ》二等空尉とも仲が良かった。真壁は繊細でにこやかな男だったし、川村は陽気で豪快なタイプで、性格は正反対だがウマがあっていたようだ。

隊長室に入るなり、ファイルキャビネットの上にでんと載っかった、巨大な赤ダルマに目を奪われた。おなかに「南西航空音楽隊」と大書され、右目だけに墨《すみ》が入った愛嬌《あいきょう》たっぷりなダルマの顔に見とれる。

「うわあ、大きい！」

「これいいだろ？　音楽隊ができた時に、当時の基地司令がプレゼントしてくれたらしいんだけどさ」

川村が得意げに満面の笑みを浮かべた。自慢するだけのことはある。選挙の時に、候補者が事務所に飾る必勝ダルマ並みの立派さだ。航空自衛隊の那覇基地ができたのは、沖縄が本土に復帰した昭和四十七年、南西航空音楽隊が設立されたのは、ずっと時代が下って昭和六十年のことだ。昭和五十九年に設立準備室が設置され、その翌年、十二名で新編されたと聞いている。

こんな大きなダルマをポケットマネーでプレゼントするなんて、基地司令も太っ腹だなあと下世話な感心をして、ようやく佳音は気づいた。佳音が生まれたのは南西航空音楽隊ができたのと同じ頃だから、このダルマと彼女はほぼ同い年だ。――なんと。しもぶくれのダルマと見つめ合い、佳音はぶるぶる首を振った。掃除が行き届いていて、約三十年もそこに置かれているとは思えない。

「南西航空音楽隊が服務無事故を続けているのも、このダルマのおかげかもしれないな。実にありがたいダルマなんだ」

冗談とも本気ともつかぬ声で、川村が重々しく告げた。

「もう片方の目は、いつ入れるんですか？」

ダルマと言えば、願いが叶《かな》えば残りの目を入れて満願成就《じょうじゅ》を祝うものだ。佳音の質問に、川村は腕組みして首を傾げた。

「最初に何をお願いしたのか、よくわからなくてな。三十年近く前の話で、当時ここにいた人は誰も残っていないから。隊の安全祈願ってことで、いいとは思うんだけど」

――隊長の引き継ぎ時に、ダルマの引き継ぎはしなかったんですね。

佳音は妙に感心してキャビネットの上のダルマを見上げた。ぽってりと丸い身体で、長年ここから南西航空音楽隊の来《こ》し方を見守ってきたのだろう。

「ダルマの話は置いておくとして、まずは那覇基地のサマーフェスタが三日後の七月十九日にある。次が来週の名護《なご》夏まつりで、その後は知名町《ちなちょう》ふるさと夏まつりだ。そこまで二週間ばかりになるが、よろしく頼むな」

「もちろん、任せてください！」

美樹なら、「大船に乗ったつもりで」といつもの調子で付け加えて胸を叩《たた》くところだろうが、さすがに佳音にはそこまで大風呂敷を広げることはできなかった。こう見えても、織細――というか、気が小さいのだ。

(鳴瀬先輩、ホントにひとりで大丈夫ですか？　隊長に掛け合って、誰かもうひとりくらい一緒に行ったほうが良くないですか？)

宝塚の男役みたいにきりりとした真弓《まゆみ》クンが、真剣に心配していた。確かに、いつも一緒にいる美樹や真弓クン、りさぽんたちがいないので多少は心細い。入隊してすぐ航空中央音楽隊に入り、まだ異動も経験していない自分だが、初めての支援活動はいい経験になるに違いない。ひとりでも立派にやっていけることを、美樹たちに証明してみせるのだ。

「大丈夫です、川村隊長！　きっちりやってみせます！」

きりりとたくましい笑顔を見せると、川村が頷いた。

「うん、支援に派遣されてきたのがお前だし、俺は何にも心配してないよ。サックス担当が渡会《わたらい》以外みんな風疹《ふうしん》でダウンなんて、さすがに慌てたけどな。他の隊員に感染する恐れもあるから練習に参加させられないし、発疹が出て四日後には伝染しなくなるともいうけど、サマーフェスタまでもう日がないもんな。しばらく様子を見たほうがいいだろう。ちようど、定期演奏会が終わったばかりで立川は手が空いてるっていうしさ」

そうなのだ。佳音が那覇に呼ばれたのは、この夏の風疹大流行のせいだった。東京では五月にピークを迎えた風疹だが、七月半ばも過ぎて、南西航空音楽隊のメンバーも何人か感染した。特にサックスが大変だったようだ。中学時代に予防接種を受けていたおかげで、今年の春に航空中央音楽隊から異動してきた渡会ひとりが無事だったのだ。

「私らの世代って、子どもの頃に風疹の予防接種を受けた人と、受けてない人に分かれるんですよね。ま、渡会の場合は、予防接種を受けてなくても感染しなかったんじゃないかという気がしますけど――」

なにしろ体力自慢のゴリラだし、という言葉を呑《の》み込む。川村が吹き出した。

「お前ら、あいかわらずだなあ。高校時代の同窓生なんて、そんなもんか。楽しそうでいいよな、俺はお前らがうらやましいよ」

「う、うらやましい？」

佳音が目を白黒させている隙《すき》に、川村が隊長室の外に出て呼んだ。

「清水《しみず》！」

部屋の外から、若い女性の返事が聞こえる。

「いろいろ荷物もあるだろう。後で内務班に案内させるよ。彼女、トランペットの清水空士長だ。わからないことがあれば聞いてくれ」

川村の説明が終わらないうちに、軽やかな足音とともに華奢《きゃしゃ》な女性が飛び込んできた。

「失礼します！」

隊長室が一瞬で華やいだようだ。二十代前半だろうか、栗色の髪を後ろで束ね、化粧気などほとんどないのに、目のぱっちりとした可愛らしい女性だった。

――うわあ。タイプは違うけど、美人度では安西《あんざい》夫人といい勝負かも。

顔立ちや容姿だけではない。美人というのは、醸《かも》し出す雰囲気が美しいのだ。

「清水です、よろしくお願いします」

彼女はにこっと目を細めて、ぴょこんと頭を下げた。実に好感の持てる笑顔だった。名前は聞いたことがあるし、新人の頃には立川に訓練に来るので見かけたこともある。

「こちらこそよろしく、鳴瀬です」

「内務班、私も一緒の四人部屋になります。後でご案内しますね」

清水がそつのない笑顔で応じた。

「鳴瀬三曹に、建物の中を案内してやってくれるかな。もうすぐ今年の新人が来るはずだから、俺はここで待ってなきゃならないんだ」

「わかりました。後は任せてください」

川村の指示に対する答えも如才がない。

「それでは、ご案内しますね」

本当に感じのいい人だなあ、と感心しながら佳音は清水について隊長室を退出し、事務室から廊下に出る。

「突きあたりがホールなんです」

扉を開け、フローリングの広々としたホールを見せてくれた。南西航空音楽隊の庁舎が建て替えられたのは、二〇〇五年だと聞いている。新しくなった庁舎の一階には隊長室、事務室と玄関、それにホール。二階に各個練磨室という配置らしい。

「わっ、可愛い部屋！」

壁の上部は、沖縄の赤瓦の色を薄めたような淡い桃色をしている。ホールの出入り口から入ると、左右両側の壁には、緑色の三角錐《さんかくすい》をいくつも貼り付けていたり、天井には平べったい蒲鉾《かまぼこ》みたいな出っ張りがあったり。不思議な形をしているが、そのすべてがパステルカラーに彩られているのだ。

「面白いでしょう。ここ、音響効果を計算して、設計された部屋なんです」

「へえええええ」

こんなものを見ると、目も輝くというものだ。新しいだけに、いろんな試みが取り入れられたのだろう。

「他の部屋も、こんな感じですよ」

「凄《すご》いね、早く演奏してみたくなっちゃった」

まだ楽器も他の荷物と一緒に事務室の片隅に置いてあるが、練習が始まれば音響効果とやらを試すのも楽しみだ。

「ね、清水さん。下のお名前はなんていうの」

清水が人形のように整った大きな目を瞬《しばた》く。

「絵里《えり》です。清水絵里」

「絵里さんかあ。私は鳴瀬佳音。二週間だけど、よろしくね！」

「ええ、こちらこそ」

ふふ、と清水絵里が小さく含み笑いをした。

「なになに、どうかした？」

「いえ――噂通りの先輩だなあと思って」

絵里が愛らしく微笑《ほほえ》む。

「噂通り？」

「ええ。土肥《どひ》さんや渡会三曹からよくお話を伺ってます。土肥さんとは私、同期なんですよ。それに渡会三曹は、高校の同窓生の鳴瀬さんは、元気が良くて楽しい方だって」

渡会のやつ、よけいなことを噂しているんじゃないだろうな。土肥さんというのは、今年になって西部航空音楽隊から航空中央音楽隊に転入した、トロンボーン奏者の土肥諒《りょう》子《こ》空士長に違いない。そうか、同期だったのか。

「そういえば、渡会のやつ元気？　ま、あいつのことだからさ、殺したって死なないくらいには元気だと思うけど」

絵里がくすりと笑いを漏《も》らした。

「元気ですよ、とっても」

「だよねえ、他の隊員が風疹にかかったっていうのに、自分だけぴんぴんしてるなんて、なんかもう、とっても渡会らしいっていうか」

「そうなんですよね。――そんな風におっしゃるのなら本当だったんですね、鳴瀬さん」

え、と佳音は目を瞬き、右隣にいた絵里を見た。何が本当だというのだろう。彼女はにこにこしている。

「渡会三曹が、あんまり鳴瀬さんのことばかり話すので、てっきり渡会三曹と鳴瀬さんはつきあってるんだと思ったんです。だけど渡会三曹に尋ねたら、ただの同窓生だって言うし。今まで半信半疑でしたけど、本当だったんですね」

佳音は呆然《ぼうぜん》と口を開けたまま、絵里のほんのり朱に染まった頰《ほお》を見つめた。会うなり何を言いだすのだろうか、この人は。

「なんか、すっごく安心しました。実は私、新人訓練で立川に行った時から、渡会三曹のこといいなって思ってたんですよね。こんなに早く再会できるなんて思ってもみなくて、自分でも信じられなかったくらいです。だけど、あんなにかっこいい渡会三曹に、カノジョがいないなんてそれも信じられなくって」

絵里はやや俯《うつむ》きかげんに目を伏せ、恋する乙女風に、はにかみながら話し続けている。

——ちょっと待て、ちょっと待て。お姉さんは話についていってないんですけど。

ハニワのような表情で硬直していると、絵里が両手をぎゅっと胸の前で握りしめ、くるりとこちらを向いた。

「だから、本当に嬉しいです。渡会三曹がフリーなんだって確信できて」

「そ、そりゃ、つきあってませんよ。まったく、これっぽっちも、渡会とつきあってなんかいませんとも」

佳音はぶんぶんと首を横に振った。着任早々、なんという会話だろう。気分は森で道に迷ったヘンゼルとグレーテルだ。

「ありがとうございます！　鳴瀬さん、これからも仲良くしてくださいね！」

絵里が華やいだ笑顔を見せた。安西夫人こと狩野庸子《かのうようこ》三等空曹が『エースをねらえ！』のお蝶《ちょう》夫人みたいなゴージャス美女だとすると、彼女は清楚《せいそ》な美少女といった趣がある。

――ううむ、渡会め、たったの三か月でこんな可愛い子を捕まえるとは手の早いやつ。

絵里がこちらを見て微笑んだ。

「申し訳ないんですけど、今の話は渡会三曹には内緒にしてくださいね。私、告白する時は自分でしたいので」

「え、うん、もちろんだよ」

目をぱちぱちと瞬きながら答える。

「では、二階の練磨室を見てもらいますね」

「ああ、うん」

落ち着かない気分で頷いた。個人練習に使われる部屋は、音楽隊では「各個練磨室」と呼ばれる。演奏の練習も訓練なので、呼び方だってものものしい。絵里が先に立ちホールを出ようとした時、バタバタという激しい足音が近づいてくるのが聞こえた。逸《はや》る気持ちがそのまま足音に表れているようだ。勢いよく扉が開いて、張りのある懐かしい声が飛び込んできた。

「鳴瀬が着いたって？」

息を弾ませて顔を覗《のぞ》かせた渡会に、佳音はたじろいだ。なんといっても、今しがたまで絵里の真剣な告白を聞かされていたところだ。

「や、やあ！　久しぶりだね渡会くん！」

妙な挨拶《あいさつ》とともに右手を直角に上げる。自分では挨拶のつもりだったが、渡会は怪訝《けげん》そうな表情になった。その顔は、立川にいた頃からよく走り込んで真っ黒だったはずなのだが、今となっては「あの頃は渡会もまだ色白だったね」と言いたくなるほどの、炭のような焼け具合と化している。

「どうした？　お前、顔が真っ赤だけど」

佳音は目を白黒させ、ぱくぱくと口を開いたり閉じたりした。自分の顔が赤くなっているなんて、それはおかしい。渡会の嘘に決まっている。赤くなるならむしろ、あんな恥ずかしい告白を初対面の人間に対して敢行した絵里のほうじゃないのか。

「ひ——日焼けかな？」

佳音は両手を頬にあてた。

「なんで日焼け？　着いたばっかりだろ」

渡会がずかずかとホールに踏み込み、いきなり右手で佳音の頬を触った。

「あれえ、ほんとだ。なんか熱いな。日焼けかなあ、熱でもあるんじゃないのか」

今度はその手を自分の額《ひたい》に持っていって、首を傾げている。何気ないしぐさだったが、佳音は絵里の黒曜石《こくようせき》のような瞳が、きらりと氷のように冷たく光るのを、目の片隅に捉《とら》えていた。

――いや、いやいや、誤解だよ、絵里ちゃん！

絵里がにっこりと微笑んで、渡会の腕を取った。

「渡会三曹、今から鳴瀬三曹に、二階の練磨室を見てもらおうとしていたところなんです。一緒に行きませんか？」

「おう、そうだな。それより清水、さっき陸自の広報担当がお前のこと捜してたぞ。何か書類を渡す約束をして、まだ渡してないんじゃないの」

渡会の指摘に、絵里があっと叫んで口元を押さえる。航空自衛隊の那覇基地は、陸上自衛隊の那覇駐屯地に隣接しているのだ。

「先にそれ、渡してやれよ。その間、俺が鳴瀬を案内しといてやるから」

「でも――」

ぐふっ、と佳音は何もないのにむせた。こちらを向いた絵里の目が、氷点下のブリザード並みに冷たい。

「馬鹿だな、清水。仕事を先にすませてしまえよ。鳴瀬は逃げないって」

——あんたこそ馬鹿ですか！　絵里ちゃんは私が逃げることなんて心配してないの、あんたが逃げると思ってるのよ——！

　佳音の心の叫びもどこへやら、絵里は涼しい目つきのまま頷き、頭を下げた。

「それじゃ、すみませんがよろしくお願いします、渡会三曹。鳴瀬三曹、また後ほど」

　怖い、怖すぎる。あの金色に光る目が恐ろしい。佳音は、今日から始まる二週間が、どれほど前途多難かいきなり思い知らされた。

「いやほんと、俺もこっちに着任して間もないのに、鳴瀬まで来ることになるとはなあ」

　絵里がホールを出ていくと、渡会が妙にご機嫌な表情で快活に笑った。絵里に聞こえるのではないかとはらはらする。まったく、鈍感なやつだ。

「ついてなかったね。サックス担当ばかりが風疹なんてさ」

「南空音《なんくうおん》は、軽音楽中心だからな。サックスは大事なポジションなんだ。後で、今度のサマーフェスタ用の曲を教えるよ。先に、中を案内しようか。こっち」

　渡会が気軽に手招きし、ホールの外に出る。日焼けのせいか、ずいぶん引き締まって精悍《せいかん》になったようだ。もともとアウトドアのスポーツが好きで、雨の日も雪の日も走り込むタイプだったから、贅肉《ぜいにく》なんてこれっぽっちもなかったはずなのだが、沖縄に来てさらに身体を絞り込み、水を得た魚のように生き生きしている。

「今日は、南空音の新人も着任するって？」

川村隊長の言葉を思い出した。

「そうだ。立川で新隊員教育を終えて、今日、着任だそうだよ」

今年、立川で新隊員教育を受けていた新人は五名いた。同じ庁舎の中にいるので接触する機会もあり、そのなかにひとり、南西航空音楽隊に配属される男性隊員がいることも聞いていた。それが、今日とは思わなかった。

「あの背の高いファゴット奏者かなあ」

五人のなかにひとり、とびきり背が高い男子がいたはずだ。渡会は「さあ」と受け流し、階段の下で手招きしている。

「ほら、あれは琉球ガラスで作ったステンドグラスだ。きれいだろ」

階段の踊り場を彩るステンドグラスを指差し、渡会が得意げに鼻をうごめかす。沖縄の海のような美しい青を背景に、白い翼を持つ竪琴《たてごと》が描かれ、航空自衛隊の南西航空音楽隊であることや、バンドの英文名称が書かれている。文字が反転しているのは、外から見た時に正しく読めるようになっているのだろう。

「建物の屋根には、沖縄特産の琉球赤瓦を載せている。きれいなだけじゃなく、吸水性が良くて通気性も高い。機能的な瓦なんだ」

「ふうん。渡会、ずいぶん楽しそうじゃん」

渡会があんまり楽しげなので、皮肉のひとつも言いたくなった。こんなに短期間で、すっかり沖縄の人になってしまっている。立川では、慣れない沖縄暮らしで渡会も苦労してるんじゃないかと、みんな少しは心配してやっていたというのに。

渡会は白い歯を見せた。

「そうかな。確かに、沖縄には異動の希望を出したこともあったしな」

そうなのだ。渡会の南西航空音楽隊異動は、本人の希望なのだった。

「なんたって、四月から十二月ごろまでビーチで泳げるんだぜ。最高だろ！」

「あーあー、サイコー、サイコー」

にっかりと笑った渡会に、佳音は冷ややかな視線とともに投げやりな拍手を送った。ゴリラとひそかにあだ名をつけた体力自慢の渡会と違って、こっちは年中ビーチで泳げるという売り文句には、さほど興味がない。

「そのうち、休みの日にでもビーチに案内するよ。こっちの仲間と一緒に、ビーチでビールを飲むのもいいぞ！」

浜辺で飲むビールには、ちょっと心を惹《ひ》かれる。想像してつい、喉《のど》を鳴らす。渡会は佳音を連れて二階に上がり、手前のドアを開いた。

「ここが、パート練習に使ったり、ミーティングを開いたりする部屋だ」

ホールよりは少し小さめだが、それでも充分な広さのある部屋だった。ミーティングに使われるだけあって、椅子もいくつか置かれている。佳音は室内を見回し、部屋の隅に置いてある複数の写真立てに気がついた。

「これ、記念写真だね」

制服に身を包み楽器を抱いた隊員らが、整列してそれぞれの写真におさまっている。中には変色した古い写真もあった。折々に、隊員たちが記念撮影したものだろう。

「あ、これ隊長室のダルマの前で撮ったみたい。やっぱりあのダルマ、人気者なんだ」

それは十二年前の日付が入った写真だった。十数名の隊員が並ぶ後ろに、例の赤ダルマが今と同じように鎮座しているのを見て嬉しくなる。よく見れば、佳音が見知った顔ぶれがいた。若かりし頃の川村隊長もいる。航空中央音楽隊を三年前に定年退官した、サックス奏者の村上昇《むらかみのぼる》元空曹長の顔を見つけた時には、懐かしい気分になった。そういえば村上さんも、昔は南西航空音楽隊にいたと聞いたことがある。前列中央の男性だけが、楽器の代わりに花束を抱いていて、退官の記念写真だったのかなと想像した。

——あれ？

ふと、何かが妙な気がして佳音は首を傾げた。じっくり見直しても、何がおかしいのかよくわからないのだが、ダルマを見て覚えたかすかな違和感――。

「どうした？」

渡会も覗きこむが、答えようがない。

「いやあ――何でもないんだけど」

「変なやつ。いいから、二階をざっと見て回ろうぜ」

渡会の手が伸びてきて、佳音の右手を摑《つか》んだ。えっ、と思う間もなく、駆けだした渡会に遅れぬよう、こちらも小走りになるしかない。写真に後ろ髪を引かれながら、佳音は走りだした。


ホールのホワイトボードに書き込まれた曲の一覧を見て、目を丸くする。

――ひゃあ。たしかに軽音っぽい！

サマーフェスタ用の楽曲一覧には、後にラッツ&スターと改名したシャネルズの曲がずらりと並んでいる。『ハリケーン』を皮切りに、『街角トワイライト』、ラッツ&スター名義の『め組のひと』、アンコールに『ランナウェイ』とのことだが、横にアカペラと書かれているのに目を瞠《みは》った。

「アカペラってどういうこと？」

楽器がメインの音楽隊なのに、無伴奏で歌うとは――。海上自衛隊の音楽隊が採用した歌姫が大人気を博しているのに対抗して、航空自衛隊も歌うのだろうかという佳音の素朴な疑問に、渡会は笑って首を振った。

「実は、今年のサマーフェスタでは、南西航空音楽隊はツー・スターズという五人組のコーラスグループを迎えることになった」

「外から呼ぶってこと？」

渡会はにやにやするばかりで答えない。ツー・スターズ、と口の中でもう一度呟《つぶや》き、佳音はあっと声を上げた。

「まさか、空将補って意味？」

航空自衛隊の幹部の階級は、上から将官、佐官、尉官とカテゴライズされていて、一番偉いのが航空幕僚長、その次が空将、そして空将補だ。空将補の階級章のマークは星ふたつなので、ツー・スターズという洒落《しゃれ》のようだった。

「那覇基地司令をはじめ、基地にいる陸海空の将補クラスが、五人そろってコーラスをつとめる。俺たちは今回、バックバンドだ」

「それはまた斬新な！」

「最後に演奏する『グッド・ニュース』は、俺たちだけでやるけどな」

なんとも沖縄らしい陽気な話だ。

「これが楽譜な」

渡会は、佳音の楽譜も用意してくれていた。

「あまり日がないけど、お前ならいけるだろ。俺たちだって先週曲が決まったばかりだし」

「うん、学生時代にやってたからね。一緒に歌えって言われないかぎりは、大丈夫」

正直、歌には自信がない。というか、歌が苦手だから楽器をやっていると言ってもいいかもしれない。よほど答え方が真に迫っていたらしく、渡会が吹き出した。

「ちょっと渡会、そんなに笑わなくても！」

「――ずいぶん盛り上がってますね」

にこやかだが冷却効果のある声を聞き、佳音は硬直した。どうやら、絵里が金色に目を光らせて登場したようだ。

「よう、清水」

渡会が、全く気にしない様子で顔を上げた。絵里は、背後に見覚えのある背の高い青年を連れている。見覚えがあるのも道理、つい先日まで立川の音楽隊庁舎で新隊員教育を受けていた、初々しい新人君だ。名前は何といったか――と、人の名前を覚えられない佳音が記憶の底を探っていると、彼がぱあっと顔を輝かせた。

「ああっ、鳴瀬先輩！」

――何ですかキミは。

佳音が一歩後ずさるほど、彼の瞳はきらきらと輝いた。誇張ではない。人間の目は、本気で嬉しいことがあると、フラッシュのような強い光を放つものだ。

「良かった、鳴瀬先輩も南空音ですか！　信じられない、僕って幸運だなあ。超嬉しいです！　南空音、万歳！」

「な、な、な――」

――名前なんだっけ。

尋ねると激しく相手を傷つけてしまいそうで佳音が口ごもると、渡会がむっとした表情で新人の前に立ちふさがった。

「何だ、新人！　名乗りもしないで鳴瀬先輩とは馴《な》れ馴れしい。鳴瀬三曹と呼べ！」

「すいません、鳴瀬三曹！　僕――いえ、自分は本日南西航空音楽隊に着隊しました、松《まつ》尾《お》光《ひかる》二等空士です。よろしくお願いします！」

さすがは新隊員教育――おそらく学校を出たばかりの今どきの若者でも、背筋をぴんと伸ばして敬礼すれば、なんとか一人前の自衛官として様《さま》になる。

「そ、そうだ、松尾君だった。いや、私は南空音に臨時で来てるのよ。今日から二週間だけなんだけどね」

「二週間だけだなんて、ずっといてくださいよ。僕、立川にいる時から鳴瀬先輩のこと憧れてたんです！　先輩のサックス、ほんとにいい音だし、いつも僕ら新人を見てにっこり笑ってくれて」

　この松尾という新人のことを、美樹やりさぽんたちが美形だと騒いでいたのだった。にっこり笑ったかどうかまでは覚えていないが、手を握らんばかりの松尾にたじたじとなる。いやもう、まいったな——と助けを求めようと渡会に目をやると、彼はなぜか怖い顔をして、松尾を睨《にら》んでいた。そういえば、渡会は四月から異動になったので、立川では一度も今年の新人を見ていないのだった。

「ちょ、ちょっと、渡会——」

　何も、そんなに怖い顔をして叱《しか》らなくても、と言いかけたところに、絵里がさっと割って入って渡会の腕をとる。

「とりあえず、隊長室に行きましょうか。鳴瀬三曹と松尾君にサマーフェスタの説明をされるそうですから。渡会三曹には、ヴァッズの訓練についてお話もあるそうですよ」

「——そうか」

渡会はまだ松尾に険のある視線を送っていたが、促されて歩きだした。渡会ときたら、近ごろの若者は打たれ弱いのに、せっかく入隊した新人が逃げたらどうするつもりだろう。このところ就職先として自衛隊の人気は花マル急上昇中で、特に音楽隊は音大卒業者の高い人気を誇っているのだが、それでも新人がすぐ辞めるなどという事態は断じて避けたい。

「渡会、こっち来て」

不満そうな絵里から、渡会の腕を取り上げて摑み、先に廊下を駆けだした。絵里たちに聞こえないよう、声を低める。

「新人相手に大人げないよ。なにも、あそこまできつく当たらなくてもさあ」

渡会がむっと唇を曲げる。

「鳴瀬、お前が舐《な》められてるんだぞ。職場であんな馴れ馴れしい態度をとられて」

「なに言ってんのよ、可愛いもんじゃない。研修で見かけた先輩が、配属先にいるのを見つけて喜んじゃうなんてさ。あんなに舞い上がっちゃうなんて、カノンさんもまんざら捨てたもんじゃありませんな」

口に手を当ててわざとらしく笑ってみせると、渡会が複雑な表情でこちらを見下ろした。

「──お前、ああいう軽いのが好みなのかよ」

「へ？　好みとかそういう問題じゃ──」

「いいよ。あそこまではっきり言わないと、お前にはわかんないってことなんだよな」

いったい何を言ってるんだろうか、渡会は。

「もういい。隊長室に行こう」

心なしか声が冷たい気がして、背中を向けた彼を追いかける。これだから同い年の男なんか扱いにくいのだ。

「失礼します！」

「おう、入れ」

渡会の後から隊長室に入り、佳音は何気なくキャビネットの上を見上げた。そこには例の大きな赤ダルマが載っている。先ほど、二階の練磨室で感じた違和感が、再び襲ってきた。どうしてこんなに妙な感じがするのだろうかと首を傾げた次の瞬間。

「――ああっ！」

佳音は後から来た絵里と松尾が目を丸くするのにも気づかず、ダルマを指差して口を開いた。どうしてこんな単純なことに、すぐ気づかなかったのだろう。

「あれ！　見てください、あれ！」

「どうした？」

川村隊長が怪訝《けげん》そうに執務机を離れ、近づいてくる。

「黒目が逆です！　二階の写真と」

「二階の写真？」

川村たちもつられてダルマを見上げた。

「二階に飾ってあった記念写真では、ダルマの左目が黒いんです。このダルマは右目が黒いので——写真に写っているのとは別のダルマです！」

ほぼ三つ数える間、彼らはぽかんとして黙りこみ、それから「ええっ」とのけぞるように驚いて声を上げた。無理もない。音楽隊の発足当初からあると信じこんでいたダルマは、いつの間にかすり替えられていたのだ。

——警戒厳重な那覇基地にある音楽隊の、そのまた隊長室に置かれてあるダルマが。

「お前も本当に、妙なことばっかりよく気がつくよなあ」

すいませんね、妙なことしか気がつかなくて。佳音のぼやきをよそに、渡会がガリガリと頭を掻《か》いている。

もしここに育休中の安西夫人がいたら、またしても鳴瀬佳音が事件を呼んだと、大喜びで吹聴してくれることだろう。

——だから、私のせいじゃないですって。

サマーフェスタの出し物の順番や、リハーサル、本番の手順などの説明を受けた後、ひと通り曲を流してみようと佳音たち四人は二階に上がってきた。松尾は用意されていた各個練磨室におさまったが、佳音が使うことになったのはパート練習に使われている部屋だ。どうせ同じアルトサックスなのだから、渡会と同じ各個練磨室でも佳音自身は良かったのだが、渡会がなぜか真っ赤になって嫌がった。

嫌がったくせに、渡会は佳音の練習を覗きにきている。金魚のフンのように、絵里が後ろにくっついてきた。演奏曲自体は佳音もよく知っているものばかりだし、学生時代にステージで演奏したこともあるので苦労はない。自然に、話題はダルマに移っていった。

「ダルマの目玉が左右逆転したことに、今まで誰も気がつかなかったのが不思議っていうか」

「それは言えますね。まあ、練磨室の写真なんかみんな見飽きているので、特に注意を払わなかったせいもあるでしょうけど」

意外にも絵里が腕組みをして佳音に同意する。彼女は、わざわざ記念写真を隊長室に持ってきて、ダルマの目が間違いなく左右逆転していることを確認していた。

「最初は、写真を焼きつける時に左右を逆にしたんじゃないかとすら、疑いました。ダルマのおなかに書かれた『南西航空音楽隊』という文字が正しい向きなので、その疑いは晴れたわけですが」

まるでどこかの名探偵みたいな言い方に、佳音は絵里をまじまじと見た。

「私、こう見えて推理小説が大好きなんです」

絵里は澄まして顎《あご》を上げる。

「ダルマの絵柄や、書かれた文字は同じだったよね」

「そうですね。ま、写真も小さいですし、細かいところまで判別はつかないですが、眉、ひげ、赤地に書かれた金色の模様など、同じように見えます」

「目だけを書き替えたんじゃない？」

もともと黒かった左目を白く塗りつぶし、白いままだった右目を黒く塗ればいいのだ。

「隊長室にあるダルマの白目を確認しましたが、少なくとも黒目の上から塗りつぶしたような痕跡はありませんでした」

「そうかあ。ということは、ダルマ自体が入れ替わってるってことだよね。あの写真は十二年前の日付が入ってたから、それ以降にすり替えられたってことか」

「鳴瀬――待て、待て。ちょっと待て」

佳音と絵里が思いつくままに推理を展開していると、頭痛がすると言いたげに渡会が額《ひたい》に手を当てた。

「お前、沖縄まで何しに来たんだ？　探偵ごっこをやりに来たのか？」

「違うよ。だけどさ、渡会は不思議じゃないの？　あんな大きなダルマがすり替わってて、誰も気がついてないなんて」

渡会が苦虫を嚙《か》みつぶしたような表情をした。なんのかんの言って、渡会だって好奇心が強いほうだ。

「今いるみんなが忘れてるだけで、実は途中で買い替えましたってオチかもしれないぞ」

「まさか。それなら記録が残ってるでしょ」

佳音はひらひらと渡会に手を振る。

「どうかな。公費で購入すれば記録が残るが、誰かのポケットマネーで購入していれば、記録なんか残らないだろ」

「だけど、当時もここにいた川村隊長が、ダルマを買い替えたなんて話は聞いたことがないって言ってるのに」

川村は、入隊以来各地の音楽隊を転々としており、三沢《みさわ》の北部航空音楽隊を皮切りに、南西、中部、航空中央音楽隊ときて、南西航空音楽隊に隊長として戻ってきたのだ。

「ダルマをすり替えること自体は、さほど難しくないと思うんです。すり替えたのが音楽隊の隊員だと仮定してですけど」

絵里が自信ありげに言った。

「そうかなあ。隊長室のすぐ前に事務室があるし、ダルマなんか持って出入りしたら目立つよね」

大きなダルマを抱えて歩く様子は、想像するとユーモラスではある。

「でも、四六時中誰かがいるとは限らないです。誰もいない時間帯を見計らって、ダルマを交換したかもしれません」

「そんなに簡単にいく？」

「それより大きな問題は、交換するダルマをどうやって建物内に持ち込んだかですよね」

「そして、古いほうのダルマを、どうやって建物から持ち出したか」

「ダルマをすっぽり隠せるような、大型の容器に入れて運んだのかもしれない。たとえば、楽器のケースとか」

佳音は絵里と顔を見合わせ、どちらからともなくにやりと笑いあった。渡会のことで敵視するものだからどうなることかと思ったが、意外とこの子、気が合うかもしれない。

「すり替えが難しくないとすれば、本当の謎は『誰が』『何の目的で』ってことだよね」

「よせよ、鳴瀬。今までだって、謎を解いてしまうことが本当に良かったのかどうか、わからないこともあったじゃないか。謎は謎のまま。そこに謎があることすら誰にも気がつかれないまま、そっとしておくほうがいいんじゃないか」

渡会のくせに、妙に大人びたいいことを言うじゃないかと思ったが、簡単に言いくるめられてたまるものか。

「それじゃ、この件は隊長と私たちだけの秘密にして、私たちだけで考えてみようよ。謎のままといっても、もう謎の存在に気がついてしまったんだし」

「鳴瀬さんに賛成！」

絵里が胸の前で小さく拍手する。渡会がやれやれとため息をつく。

「大丈夫だよ、渡会。私たち、サマーフェスタもきっちりやるからさ」

渡会がしかたがないな、という顔になった。

「どうせ、止めてもやるんだよな」

さすがに長いつきあいだけあって、こちらの性格と行動は読まれている。渡会の注意を逸らす手を思いついた。こちらも長いつきあいなのだ。

「そういえばさ、さっき隊長に呼びとめられていた、ヴァッズって何の話？」

サマーフェスタについて松尾と佳音に説明し、ひとしきり訓示を垂れた後、川村が渡会だけ隊長室に残らせた。

「あれは――」

渡会が言い淀む。

「まあいいか。VADS《ブイエーディーエス》だよ。俺は、音楽隊から選抜された三名に入ったので、VADS《ヴァッズ》の訓練を受けることになったんだ」

「VADSって何？」

初めて聞く言葉だった。軽音楽を中心に演奏活動を行う南西航空音楽隊のことだから、特殊な楽器でも扱うのだろうか。渡会は説明に困ったような顔になり、抱えていた書類の中から、写真がついた資料を一枚、抜き出した。

「ほら、これ。これが対空機関砲VADSだ」

佳音は渡会が突き出した資料を、ぽかんとして眺めた。今、機関砲という言葉が聞こえたが、空耳――ではない。写っているのは、カーキ色に塗られた銃座と砲身、それにタイヤも持つ火器だった。

「ヴァルカン・エア・ディフェンス・システム。バルカン砲って言葉は、軍事音痴の鳴瀬でも聞いたことくらいあるだろう。基地に低空で飛行機が侵入してきた場合に、こいつで撃ち落とすんだ」

それはもちろん、音楽隊である前に自分たちは自衛官だ。佳音も年に何度か六四《ろくよん》式小銃の射撃訓練を受けている。佳音の場合、怖いから目を閉じて引き金を引いてしまうので、的になんかまともに当たった例《ためし》がない。反対に、渡会は射撃訓練の成績が抜群に良かった。

「でも――ここまで本格的な――」

予想外のことに絶句していると、渡会が白い歯を見せた。

「だってさ。俺、ぴったりだろ。こういう訓練を受けるのに」

もちろん、渡会の言う通りだ。音楽隊員だって、みんな熱心にランニングをして身体を鍛えているとはいえ、渡会の鍛え方は半端ではない。両親がアウトドア派だったこともあり、子どもの頃から山登りにロッククライミングにカヌーにと、いま音楽を専門にしているのがむしろ不思議なくらい、身体を動かすことが好きなのだ。音楽隊から選ぶなら、渡会以上の適任者はいない。

「VADSは単体で独立した火器システムで、コンピュータやレーダーもついているから、自動的に目標までの距離や角度を計算してくれるんだ。命中率も上がるってわけ」

佳音が黙っているのを何と思ったのか、渡会はVADSの機能を説明し始めた。そこはかとなく、嬉しそうでもあった。

「て、低空で侵入する飛行機って言ったよね。それってつまり、那覇基地をどこかの国の戦闘機が攻撃してきた場合ってことじゃ」

「うん、そういうことになるかな」

けろりと答え、それから首を傾げる。

「なあ、そんな変な顔するなよ。戦闘機がここまで侵入してきて俺たちが撃ち落とすなんて、実際にはまず起きっこないから。敵機が航空自衛隊の防空網をくぐり抜けて、基地まででたどり着くなんて、普通に考えたらありえない、最悪の状況だろ？　それってもう、完全に戦争状態ってことだから」

「そ、そりゃそうだけど——」

何と言えばいいのか戸惑う。自分が何にショックを受けているのか、まるでわからない。

——ああ、どうしよう。なんだか渡会が遠くに行っちゃう感じ——。

衝撃のあまり、ダルマすり替え事件が頭からきれいに飛んでいきそうだった。


『そりゃ私たち自衛隊にいるんだから、渡会なら特にそういうこともあるんじゃない？』

当然と言わんばかりの美樹の口調に、佳音は小さく唸《うな》った。忘れていたが、同期の美樹は超がつくくらいの現実主義者だ。

「そうなんだけどさあ」

内務班に落ち着いて荷物を解き、風呂に入った後で美樹に電話をかけた。荷物と言っても二週間ほどの出張だし、内務班で洗濯だってできるからさほどの大荷物にはならない。内務班の構造はどこもほぼ同じだし、出張先でも生活には変化がない。

『それより、こっちはあんたひとりで那覇基地にまでたどり着けるのかって、心配してたんだから。無事に着いたみたいで良かった。真弓クンたちにも教えてあげなきゃ』

——これだ。まったく信用がない。

「——そうだ。ねえ、それはいいんだけど、村上さんの電話番号ってわかんない？」

『村上さんって、退官した村上さん？　何かあったの？』

美樹のことだから、事情を聞いて納得するまでは協力してくれないだろう。他の人間には話さないと言ったものの、美樹は南西航空音楽隊のメンバーでもないし——と心の中で言い訳しつつ、隊長室のダルマがすり替えられたらしいことを説明した。

『さすが佳音、はるばる沖縄まで出かけて事件を嗅《か》ぎあてるとは』

「だから、そんなんじゃないって！」

ひとしきりからかわれた後、美樹は電話帳を探して連絡先を調べてくれた。黙ってさっさと教えてくれればいいものを、冗談のひとつも言わねば気がすまないのが美樹だ。まだ時刻も早いので、村上さんの番号にかけてみた。電話に出たのは明るい若い女性で、娘さんとのことだった。

『すみませんが、父は先週からニュージーランドに旅行に出かけてしまいました。連絡があれば、鳴瀬さんからお電話があったことを伝えておきますね』

退官したら旅行もいいなと話してはいたが、海外に長期旅行とはうらやましい。そういうことなら、待つしかないだろう。よろしくと言って電話を切ると、仕切りの向こうから絵里が覗いて手を振った。

「お電話はすみました？　今から私たち、部屋でお茶するんですけど、良かったら鳴瀬さんも来られませんか？」

佳音があてがわれたのは、女性用内務班の四人部屋のひとつで、絵里を含む他の三人は音楽隊の若手女性隊員だった。

「いいの？」

「もちろんどうぞ」

渡会を狙っている絵里は、佳音が彼と親しいのが妬《ねた》ましいらしく、そのつど冷やかな視線を送ってきたのだが、女子の集いに誘ってくれるとは嬉しい驚きだった。三人が絵里のベッドに腰を下ろして肩を寄せ合い、手を振っている。

「ちゃんとした歓迎会は、基地内クラブでやるか、外出許可を取って外でやりましょうね」

同室の女性隊員は、トランペットの絵里と、パーカッションの三枡雪乃《みますゆきの》一士、それにキーボードの横山美恵《よこやまみえ》一士の三人だ。それぞれに自己紹介をして、絵里が買い置きしていたお菓子を並べ、お茶で乾杯すると、あっという間に賑《にぎ》やかな女子会に突入だった。三人とも二十代前半の若さで、風呂上がりだからよけいに、眩しいくらいはつらつとしている。

「結婚して官舎に住んでる女性隊員がふたりいますけど、独身の女性隊員はこれだけです」

絵里が紹介してくれる。

「今年三月の、定期演奏会の動画がYouTubeにあるんですよ」

長い洗い髪を自然に乾かしている雪乃が、スマートフォンを操作した。絵里が細面《ほそおもて》の美人なら、こちらはお雛様《ひなさま》のようなふっくらしたタイプの可愛い女性だ。ほら、と言いながら見せてくれたスマートフォンから、『マンボ・ナンバー5』が流れ出す。

「あっ、川村隊長が踊ってる！」

白い演奏服に身を包んだ南西航空音楽隊が、ステージで陽気にマンボを演奏する前で、指揮者の川村がマラカスでリズムをとりながら踊っている。演奏者のアクションも聴衆の反応を意識して、サービスたっぷりだ。

「こういうことなんだ、川村隊長の言ってた、いい演奏プラスアルファって」

佳音が呟くと、絵里が笑った。

「それじゃ、もう隊長から聞いたんですね」

「うん、少しだけね。楽しそうだなあ。他はどんな曲をやったの？」

「『セレソ・ローサ』とか『ラ・マカレナ』とか。第二部は熱帯ＪＡＺＺ楽団の特集ですよ」

『セレソ・ローサ』も『マンボ・ナンバー5』も、キューバの作曲家ペレス・プラードの作った有名なマンボだ。ダンスナンバーだから、アップテンポで身体がひとりでに動きだすくらい、ノリがいい。

「『ラ・マカレナ』ってサックスが目立つよねえ。『セレソ・ローサ』だとトランペットが主役って感じだし」

「うちは人数が少ない分、ひとりひとりが目立つんです」

「パーカッションもキーボードも、普通の吹奏楽以上に存在を主張しますからね。必要とあらば、歌だって歌いますよ」

雪乃と美恵が、顔を見合わせて笑う。

「ところで鳴瀬さん」

絵里が目を輝かせ、にじり寄った。

「新人の松尾君、すっかり鳴瀬さんになついちゃってますね」

いきなりの発言に仰天《ぎょうてん》した。絵里が目をきらきらさせているのは、風呂上がりだからとばかりは思えない。雪乃と美恵も、好奇心で目を輝かせながらこちらに詰め寄った。

「本当ですか、鳴瀬さん！」

「私たちも、松尾君ちょっといいなあなんて思ったんですけど！」

――ちょっと待て、待つのだ。

佳音は慌ててベッドの上で後ずさった。

「い、いや、だって松尾君は新入隊員だよ？　みんなとなら年齢的にもつり合いが取れると思うけど、私とじゃ全然――」

「鳴瀬さん、年下はダメですか？」

「それなら、私たちがアタックしても問題ありません？」

雪乃と美恵の真剣な表情に気圧《けお》される。女子が集まるとどうしてこの手の話題になってしまうのだろう。佳音は助けを求めて絵里を見たが、彼女は少し離れて余裕の表情でプチケーキを頬張っている。

「そ、そんなの、全然平気だよ。ガンガン、アタックしなさいって」

やった！　と雪乃たちが歓声を上げる。

――ふう、疲れるったらない。

佳音は額の汗を手の甲で拭《ぬぐ》った。

「鳴瀬さん、それじゃ、渡会三曹はどうなんですか？」

油断していたせいか、絵里の言葉に一瞬虚をつかれた。

「渡会――？」

「そうですよ。渡会三曹の話によれば、おふたりは高校の同窓生で、しかも同じ吹奏楽部にいて、入隊は一年違いなんですよね？」

雪乃と美恵が、今度は別の興味が湧いたらしく、手に汗握るようにこちらを見つめている。

「それってやっぱり、おつきあいされているんじゃないんですか――？」

「いや、全然そんなんじゃ」

慌てて首を横に振る。同時に、絵里はこれを確かめたくて女子会を開いたのかな、とも思った。

「本当に――？」

「本当だってば」

絵里の表情がぱっと輝いた。

「良かった。本当は少し心配だったんです。だって、今日の雰囲気を見ていたら、とても鳴瀬さんのさっきの話が信じられなくなってきて」

——渡会か——。

ふと、VADSに乗り込んでバルカン砲を操る渡会の姿が目に浮かんだ。あいつならそういう任務もそつなくこなすだろう。そう思っただけなのに、どういうわけか、ぽろっと涙がこぼれて自分でも慌てた。

「鳴瀬さん？　——泣いてるんですか？」

心なしか、絵里の声が優しい気がする。佳音は慌てふためいてハンカチを捜した。

「や、違う、違うんだよ、これは！　渡会には関係ないんだ。急に目が痛くなって」

「目薬ありますよ？」

物入れから絵里が目薬を出してくれる。どうして急に泣けたのかわからなかったが、今さら後にひけず目薬を使わせてもらった。

「ありがと」

「それじゃ、鳴瀬さん。私、もらっちゃいますよ」

「え——？」

「渡会三曹ですよ。私、もらいますからね」

絵里がずいと身を乗り出し、ルージュを落としても赤い唇に笑みを浮かべた。

サマーフェスタ当日は、すっきりと晴れた良い天気になった。沖縄の青い空に白い雲。絵に描いたようなすがすがしさに、佳音は隊舎の玄関で両手を上げて伸びをした。

「うーん、いい気持ち。いい演奏できそう！」

一四〇〇《ヒトヨンマルマル》頃から、音楽隊専用のトラックに楽器やアンプ、パイプ椅子に譜面台などの荷物を運び入れ、一五三〇《ヒトゴウサンマル》にはリハーサルのために隊舎を出て会場に行く予定だ。楽器を抱えたピクルス王子とパセリちゃんや、航空自衛隊らしく可愛らしい戦闘機とパイロットを側面に描いたトラックに荷物を積み込むと、もう出発までやることはない。トラックへの積み込みもすべて、音楽隊の隊員の仕事だった。熟練しているから、他の手を借りる必要もない。みんなは各個練磨室や事務室で付加業務に精を出している。付加業務とは、演奏に関する業務以外の、部隊の運用に必要な仕事のことだ。

「鳴瀬三曹！」

誰かに呼ばれて振り向くと、松尾が階段を駆け下りてくるところだった。飼い主を慕って駆けてくる子犬のようだと思えば、可愛くないこともない。何かの紙を振っている。

「どうしたの？」

「ダルマ、ダルマですよ！」

さすがに今日は出番がないが、松尾もみんなとお揃いの、グレーのシャツとカモフラージュ柄の作業服に着替えていた。せっかくの沖縄なのだから、佳音ならかりゆしを着てイベントに出てもいいと思うのだが、今のところは自衛隊の制服以外のものを着て演奏することはないらしい。

「ダルマが何て？」

例のすり替えられた赤ダルマの話だ。興味が湧いて尋ねる。

「僕、面白くなってダルマの種類や製法についてネットで調べてみたんです。何かの役に立つかと思ったので、持ってきました。ね、誉《ほ》めてくださいよ、鳴瀬先輩」

松尾は印刷した用紙を丸めて振っている。まるで尻尾《しっぽ》を振る子犬だった。しかし、内務班でネットを検索したりプリンターを使ったりはできないはずだ。どうやって印刷したのだろうと不審に思ったら、松尾が照れくさそうに頭を掻いて舌を出した。

「あ、ばれました？　実は、昨日非番で外出許可を取っていた先輩に頼んで、ネットカフェで印刷してもらったんです」

「なあんだ」

「ちぇっ、誉めてもらって、今度の休みに鳴瀬三曹とデートしようと思ったのにな」

「誰が誰とデートって！」

松尾がにこにこしながら手を振った。

「――ほんとはね。鳴瀬三曹が、渡会三曹の話になると涙ぐんでたって清水士長に聞いて、心配してたんです。鳴瀬さん本当は、渡会三曹のことが好きなんじゃないかって」

唖然《あぜん》とした。絵里はそんなことを松尾に喋《しゃべ》ったのか。

「――違うよ。そんなんじゃないんだ。いい機会だから言っちゃうけど、渡会がVADSの訓練を受けるって聞いて、急に怖くなっちゃったの。私だって自衛官なのに、今までそれくらいの覚悟もなかったのかって叱られるかもしれないけど、渡会がいなくなっちゃうような気がしてさ」

「いなくなっちゃう？」

「侵入してきた戦闘機を撃ち落とそうとすれば、VADSの操作員が狙われるかもしれないでしょ。渡会が撃たれる、と思ったらさ」

いかん、また不覚にも涙が出てきた。どうしてこの自分が、渡会なんかのために泣いてやらなければいけないのだろう。だいたいまだ死んでないし。誰よりもぴんぴんしてるし。

「鳴瀬さんって、純情だなあ」

松尾が感心したように言った。

「じゅ、純情って！」

頭を抱えたくなるくらい、この新人は言葉の使い方がおかしい。

「まあまあ、じゃあほら、気分を変えてダルマの話をしましょうか。面白いですよ」

松尾が広げた紙には、ダルマ作りの工程が写真入りで紹介されていた。昔はダルマの木型に紙を張り天日で乾燥させた後、背中を割って木型を取り出したのだという。今は効率を上げるために別の製法が使われているようだが、基本的な部分は変わらない。乾燥させたダルマは、最初は真っ白で中は空洞なのだ。

「そっか、ダルマって中は空っぽなんだね」

「そうなんです。家にもあったので持ち上げたことありますけど、大きさの割には軽いですよね」

ダルマの生地が乾燥すると、底の部分にヘッタと呼ばれる粘土の重りをつける。ヘッタの中心には穴が開いていて、そこに竹串を刺して彩色《さいしき》したり乾かしたりする時に使うのだ。さらに白く下塗りした後は、赤い塗料の桶に全体をつけて赤くする。そしてダルマの顔の部分を白く塗り、目鼻口にひげと金文字――たかがダルマひとつといえども、びっくりするほど手間がかかっているのだった。

「うーん、なるほどねえ。勉強になったわ。だけど、すり替えの件とはあまり関係なさそうな気がするなあ」

「ですけど、中が空洞ってことは壊れやすそうじゃないですか？　すり替えられる前のダルマは、誰かが壊したんじゃないでしょうか」

松尾は熱のこもった口調で説明した。たしかに、誰かが壊したので新しいものとすり替えた可能性はある。しかし、そんなに簡単に、隊長室にあるサイズのダルマが手に入るものだろうか。破壊の程度にもよるかもしれないが、壊れたダルマを一日でも飾っておけば、誰かが気づきそうなものだが。

「壊れたダルマかあ」

松尾が頷き、事務室の様子を窺《うかが》った。

「ダルマの底を見れば、作った工房がわかるかもしれません。問い合わせれば、いつ誰が注文したのか、わかるかもしれませんよね」

工房に問い合わせるというのは、佳音の発想にはなかった。可能性としては低いかもしれないが、当たってみても悪くはない。

「今ね、事務室にいるの、清水士長だけなんです。隊長は打合せで外に出ているし」

「そうなの？」

うかつに「そうなの？」などと口走ってしまったが、はっと気づくと松尾はさっそく事務室に向かっている。

「ちょ、ちょっと、松尾君！　まさか今からダルマを確認しようとか思ってない？」

「そのまさかですけど？」

もうじきリハーサルが行われようという時に、いくらなんでもダルマの確認なんかやってる場合ではないだろう。立川の航空中央音楽隊の仲間といい、松尾といい、どうして自分の周囲にはエキセントリックな連中が集まってしまうのだろうか。育休中の安西夫人なら「鳴瀬さんが呼ぶのよ」とでも言いそうだが、断じてそうではないと力説したい。

松尾が事務室に飛び込んだ。

「よ、よしなさいって！」

「どうしたんですか？」

机に向かって書類を書いていた絵里が、振り向いて呆気《あっけ》にとられている。松尾が拝むように両手を合わせて頭を下げた。

「すいません。今からちょっとだけ、隊長室に入ってもいいですよね？」

「何のために？」

「ダルマですよ。確認したいことがあって」

「だから、よしなさいって！　せめて隊長に了解をもらってから」

こう見えても、佳音は良識派をもって自任している。絵里の切れ長の目が妖しく輝いた。

「——部屋に入るくらいなら、いいでしょう。私や鳴瀬三曹もいることだし」

「ちょっと、清水士長！」

「ありがとうございます！」

隊長室のドアは開け放してあった。佳音が抵抗はしたものの、松尾は隊長室に入ると、ソファの背によじ登った。もう、と困惑しながらも、万が一、彼が足を滑らせた時のために、周囲で支える用意をする。松尾はキャビネットのダルマを持ち上げて底を見ようと傾けた。

——カサッ。

佳音はダルマを見上げた。今なにか、妙な音がした。松尾も気づいたらしく、不審そうな表情をしてダルマをゆっくり上下に振った。カサカサという乾いた紙のたてる音が、ダルマの内側から聞こえてくる。

「——このダルマ、中に何か入ってます」

途方にくれたように松尾が言った。

「で、何が入ってるの？」

佳音も怖々尋ねる。この状況では、怖い想像しかできない。

「お、お札《ふだ》——とか」

絵里が勇気を奮ったように陰気な声で呟いた。洒落になっていない。やめて！　と佳音が悲鳴を上げる前に、松尾が思い切ってダルマの底を覗いた。「坂本商店謹製」と書かれた金文字がちらりと見える。

「底の中央に和紙のシールが貼ってある。そうか、穴をふさいであるんですね」

「ちょ、ちょっと、松尾君！　もし本当にお札だったりしたら、開いちゃだめなんじゃ」

止める隙もなく松尾はシールをはがし、二、三度ダルマをゆっくり振った。けっして小さくない穴から、細い筒状に丸めた紙がソファに落ちた。写真をプリントした印画紙のようだ。

元通りシールを貼り直したダルマを、丁重な手つきでキャビネットに戻した松尾が、印画紙を開いた。

「これは——」

誰だかわからないが、ダルマのように頭を丸めたひとりの男性が、地面に額をこすりつけて土下座している。そして、その背後には真っ赤なダルマが——そう、両目が黒々と塗られたダルマが鎮座していた。写真の上に、「ごめんなさい！」と黒いサインペンで書かれているのを見て、佳音は松尾たちと顔を見合わせた。

「——いったい、どういうこと？」

基地の門が開き、観客の入場が始まった。航空自衛隊那覇基地のグラウンドに、カラフルな敷物や日傘が次々に広がる。夏らしく、浴衣《ゆかた》に団扇《うちわ》を持った若い女性らの歓声も交じり、小さな子どもたちは自衛隊のグラウンドが珍しいのか走り回っている。さっそくフランクフルトや焼きそばなど軽食の屋台が営業を始めていて、お祭り騒ぎが大好きな佳音の興趣を誘った。

リハーサルの時間帯は、熱帯の太陽がぎらぎらと輝く一六〇〇《ヒトロクマルマル》過ぎだったので、炎天下の演奏は汗との闘いだった。佳音たちはいったん庁舎に戻って夕食の弁当を食べ、開会を前に会場に戻ったばかりだ。

「どうだ、鳴瀬。けっこう楽しいだろう」

渡会は屈託がない。楽しいことには異論がないが、渡会の顔を見て、こいつのために泣いたのかと思うと、地の底に沈む気分になる。

サマーフェスタには、陸上自衛隊の第十五音楽隊が先に登場する予定だった。地元のバンドのライブもしっかりプログラムに入っているし、地区婦人会の盆踊りも開催される。地元との交流に主眼を置いているのだと、佳音にも感じられるプログラム内容だった。

「ツー・スターズのシャネルズが上手なのには、ちょっとびっくりしたなあ。かなり本気出してるね、あれは」

ムリに笑顔を作る。必殺の将補バンド、ツー・スターズはリハーサルでかりゆしに制服のズボンを着用していたが、本番では衣装にも凝るようだ。渡会がにやりと笑った。

「あれはなかなか拝めないよな。揃いも揃って声がいいし」

会話が途切れ、ふたりは黙って周囲で機材のセッティングをする隊員や、場所とりに余念のない観客たちを見回した。

「あのさ、鳴瀬。話があるんだ」

不意打ちのように渡会が言った。どういうわけか、どぎまぎする。

「な、なに」

「清水と松尾から聞いた。俺がVADSに乗ることを、お前が怖がってるって」

めまいがした。そんなことを渡会に話すとは、あのふたりの辞書にプライバシーという文字はないのか。

「怖いっていうかさ。別に渡会でなくてもいいのになって思っただけ。私ら音楽隊だし」

渡会がにやりとする。

「ま、お前みたいなメカ音痴に乗れとは、誰も言わないと思うけど」

「ど、どういう意味よ！」

　本当に失礼なやつだ。

「俺はさ。そんなの今の日本ではありえないと思うし、そう思いたいけど、万が一の事態が起きた時に、何かできる場所にいたいんだ。テレビの前で呆然と事態を眺めているだけなのは、よけいに辛い。どんなに悲惨な状況でも、自分の手で立ち向かえる手段があるなら、俺はそのほうがよっぽどいい。自分が役に立つ気がするじゃないか」

「そんなの――そりゃ、災害派遣なんかだったら、私だってそう思うけど」

　ＶＡＤＳを本番で使う時が来るとすれば、それはもう戦争だ。

「日本は戦争なんかしないよ」

　渡会がゆったりと微笑した。

「戦争なんかしても、いいことはひとつもないって前の戦争やってわかったし。日本が自分から戦争を始めることは、絶対にない」

「――もちろん、そう思うけど」

「だから、鳴瀬が心配することなんかないんだよ。俺たちは、生涯本番で使うことのないスキルを磨いているんだ。どれだけ練習してそのスキルが上達しても、使わないまま終わる。そのほうがいいんだ。ただ、万が一のために備えは必要なんだよな。地震が起きてほしいなんて願う人間はいないけど、まさかの時のためにみんな防災用品を準備するだろう。あれと一緒だよ」

「うん――」

なんだか、渡会にうまく言いくるめられた気がする。渡会のくせに生意気な。

「ていうか、俺すごく嬉しかったんだ」

渡会が身体を強張《こわば》らせて、上目遣いにこちらを見つめた。暑さのせいか、こめかみに汗をかいている。

「何が？」

「お前が俺のことを心配して、泣――」

渡会が何か思い切ったように言いかけた時、佳音のポケットで携帯電話が鳴り始めた。

「あ、村上さんだ」

渡会の身体からぷしゅうと空気が漏れ出て、ふくらんだ胸がしぼんでいくようだった。

いったいどうしたのだろう。しおれている彼をおいて、佳音は慌てて電話に応答した。

『鳴瀬か。電話をもらったのに悪かったな。今日、日本に戻ったばかりなんだ』

「ニュージーランドだったそうですね」

旅行についてあれこれ聞きたいのは山々だが、ぐっとこらえてダルマの件について質問することにする。

「実はいま、支援で南西航空音楽隊に来ているんです」

ほう、と村上さんが懐かしそうな声を出した。

『今は川村君が隊長じゃなかったかな。みんな元気にしてるのかい』

「ええ、元気です。それでね、村上さん。実は隊長室のダルマについて、何かご存じゃないかと思って」

『ダルマ――』

すり替わりに気づいたいきさつから、村上さんも写っていた写真と、ダルマの中から見つかった土下座写真に話が及ぶと、しばらく黙りこみ、長々と吐息をついた。

『――弱ったなあ。そこまで調べたのか』

「えっ、ということは、まさか村上さんが」

謹厳実直で古武士の風格を持つ村上さんだが、他人に誠実であるあまり、ちょっとした前科を持つ。まさか――と思うと、笑いながら否定した。

『俺じゃない』

「でも、知ってるんですね、何があったのか。写真のダルマは、両目が黒く塗られていたんです。誰か――たぶん、写真で土下座している人が間違って、目を入れてしまったんじゃないかと思うんですけど」

ためらうように、村上さんは沈黙している。

『――知っているが、話さないと約束したんだ』

こうと決めると村上さんも強情だ。

『正直、たいした話ではないんだよ。だけど、いったん約束したことだからな。今、そこの隊長は川村君だろう。彼に聞いてみなさい。彼が話していいと判断すれば、話してくれるだろう。そうでなければ、諦《あきら》めたほうがいい』

「川村隊長も事情を知ってるんですか」

――なんということだ。

最初に佳音が右目と左目の違いについて指摘した時、川村だってびっくりしたような顔をしていたくせに。

立川に戻ったら食事でもしようと約束して、通話を切った。

「ちょっと、川村隊長は知ってたみたい」

なぜか腑《ふ》抜《ぬ》けのようになった渡会に、口を尖《とが》らせて告げると、彼は気が抜けたように頷いた。

「――そうだと思った」

「なあに、渡会も知ってたの？」

「中身までは知らないが、隊長や村上さんが関係していることは薄々な」

気まずそうにしている。考えてみれば、渡会は村上さんが退官するまで立川の各個練磨室が同室で、個人的な話も聞いていたはずなのだ。以前にも、佳音たちが推理を繰り広げた時に、村上さんをかばってやめさせようとしたことがあったではないか。

川村隊長は、本番の準備に忙しく動き回っている。

「隊長を問い詰めるのは、サマーフェスタが終わった後ね」

なぜダルマのすり替えが行われたのか。ダルマの中から現れた写真は、何を意味しているのか。そしてあの男性は誰なのか。

その日の演奏は、異様に盛り上がった。おそろいの金色の上着できめて、蝶ネクタイを結んだ基地司令たちが、ノリノリでシャネルズを歌いまくる。それぞれの応援団がステージの前でオリジナルの団扇を振って黄色い声を上げ、演奏会というより完全にライブのノリで、プロのバンドを食ってしまったようだ。

日が陰る頃には、ステージをとりまくオリオンビールの提灯《ちょうちん》に灯がともり、夏祭りの雰囲気が高まった。

疾風怒濤《しっぷうどとう》のライブが終了し、高揚した気分のまま楽器を片づける横で、盆踊りのアナウンスがあり、今まで佳音たちが演奏していたステージは、浴衣姿の男女が集まる盆踊りの会場へと変貌を遂げていた。

——うん、こういうのも悪くないかも。

ここが航空自衛隊の基地のグラウンドで、周囲に自衛官がたくさんいることすら忘れてしまいそうな、のどかで平和な沖縄の夜だった。

「ついに、ダルマの中まで見たとはな」

川村隊長が、隊長室の赤ダルマを背にソファに腰を下ろし、向かいにずらりと腰掛けた佳音と絵里、松尾を見回した。どういうわけか、渡会は都合が悪いと言って来なかった。あいつめ、隊長を前にして日和《ひよ》ったか。

問い詰めたわけではないのだが、イベント終了後に川村に土下座写真を見せたところ、一瞥《いちべつ》しただけで長いため息とともに、後で隊長室に来るようにと言い渡されたのだった。

盆踊り終了後、音楽隊は楽器と共に撤収して庁舎に戻ったが、サマーフェスタは地元バンドのライブに、陸海空合同チームによる沖縄伝統芸能、エイサーの披露と、カチャーシーがあって、二一〇〇《フタヒトマルマル》の閉会まで続く。宵《よい》っ張りの沖縄ならではだ。歌声がスピーカーを通してここまで聞こえてくる。

「しかたがない。勝手に隊長室のものを触るなんて問題だが、この写真まで見られたとあっては、隠す意味もない」

応接セットのテーブルに置かれた写真を、川村はどこか懐かしそうに眺めた。

「この男は、野島《のじま》一曹といってな。冗談が好きで、いつでも他人を笑わせる陽気な男だった。でも、俺がまだ南空音にいた十二年前、家業を継ぐことになって退官したんだ」

「それじゃ、二階にある写真はひょっとして」

「野島が辞めた時の記念写真だよ。前列の真ん中に立ってるのが彼だ」

そう言えば、村上さんの隣に三十代くらいの花束を抱えた男性が写っていた。

「あいつが辞める日の前夜、内務班にいた連中が基地クラブに集まって酒を飲んだ。俺は幹部だけど、仲間に入れてもらって一緒に飲んでたんだ。野島はいつもの通り明るく酔っ払って、それで——勢いで悪戯《いたずら》をやっちまった。このダルマに」

川村の言葉に、佳音は身を乗り出した。

「残りの目を入れたんですか」

川村がしかつめらしく頷く。

「翌朝、正気に返った野島は、真っ青になった。ダルマに目を入れたくらい、大騒ぎするようなことでもないんだけどさ——問題は、このダルマが南西航空音楽隊創立以来の守り神みたいな存在だってことだ。しかも、野島はその日のうちに辞める人間だった」

ダルマに限らず、縁起ものというのはある意味厄介な存在だ。良いことがありますように、福が来ますようにと願いをこめて求めるが、間違いがあって壊したり汚したりすると、不吉な前触れではないかとかえってやきもきする。二十年近くも守護神として隊長室で睨みをきかせていたダルマに、勝手に目を入れてしまったなんて、野島というその男はさぞかし慌てただろう。

「おまけに、野島の家業というのが、東北の寺なんだ」

「それじゃ、お坊さんになるために？」

松尾が何と思ったのか、自分の髪を押さえて顔をしかめた。

「坊主になる人間が、縁起ものを粗末にしていいわけないだろう」

「そりゃまあ、たしかに」

頷くしかない。それなら勝手に目を入れるなよという、突っ込みはさておき。

川村の説明によれば、野島は仲間の協力を得て、ダルマの片目に丸く切り取った白紙を貼り付けてひとまず黒目を隠し、急いで同じダルマを探しまわった。

「今ほどインターネットも盛んでない頃だからさ、電話帳でダルマの工房を探してかけまくったみたいだ」

川村は懐かしそうに述懐した。

元のダルマを作った工房が見つかったので、頼みこんで寸分たがわぬ品を作ってもらい、できあがる頃には野島はもう基地の外の人になっている。村上さんたちに頼んで、新しいダルマをティンパニのハードケースに隠して持ち込み、古いダルマとすり替えてもらったのだという。ティンパニのケースなら充分入るサイズだなあと、キャビネットに載ったダルマを見上げて思う。

「最初のダルマは、左目が黒かった。本当はどちらから入れてもいいらしいけど、いま一般的には左から入れるらしいな。ところが、新しいダルマを受け取った時、俺たちはどっちが黒かったか忘れていて、選挙事務所の写真をお手本にして、そのとおりに右目を入れたんだよな。その結果がこれ」

理由はわからないが、選挙の必勝ダルマは右目から入れるならわしなのだ。

「あれ、そしたらこの写真は――」

佳音は戸惑って指差した。野島が頭を丸めた後だし、両目が入ったダルマを背景にしているところを見れば、すり替え完了後に撮影したもののはずだ。川村が苦笑した。

「野島が後から送ってきたんだ。捨てるわけにもいかないし、ダルマの来歴を後輩たちに伝えるというと大げさだけど、お前らみたいなのが現れた時のために、ダルマの中に入れて隠しておこうと思ってさ。俺たちが隊長のいない時を見計らって、丸めて入れた。和紙のシールって強いから、うまく剝《は》がせば何度でも貼り直せるよな」

佳音たち三人は、唸《うな》りながら腕組みした。村上さんが言っていたとおり、聞いてしまえばどういうこともない話だ。

「そこまでややこしくしなくても、酔っ払ってダルマに目を入れちゃったから弁償します、と打ち明けても良かったような——」

絵里がほっそりした指先を唇に当て、小首を傾げる。たしかに、たかがダルマひとつと思わないでもない。

「そうだけどさ」

川村は苦笑を浮かべた。

「でも気持ちの問題って微妙だろ」

二十年も見守っていてくれたダルマが、ある日突然、新しいダルマに入れ替わった。もし、そのタイミングで事故が起きたら。ただの偶然に過ぎなくても、人間の心は弱いから、ダルマが替わったからじゃないか——と心配するかもしれない。あるいは、ダルマが替わったので何かが起きるかもしれないと怯《おび》えるかもしれない。

「心の持ちようなんだけどな」

「野島さんって、人間の弱さをよく知ってたってことですね」

ぽつりと呟くと、川村が目尻に深い皺を寄せて破顔した。

「たまにはいいこと言うんだな、鳴瀬も」

珍しく自分が真面目《まじめ》なことを言うとこれだ。佳音が唇を尖らせるのを見て、絵里たちも朗らかに笑い声を上げた。

「考えてみれば、このダルマも十二年間、南西航空音楽隊を見守ってくれているんだよな。そろそろ、みんなにダルマ事件の真相を話しても問題ない頃かな」

川村が目を細めて、ダルマを振り返った。

「鳴瀬が来たのも、もう真実を明かしていいというダルマのお告げかもな」

古いほうのダルマの役割が、今やっと終わったのかもしれない。感慨深い様子でダルマを見つめる川村に挨拶して、佳音たちは隊長室を退出した。

「まさかこんな結末になるとは思わなかったけど、探偵ごっこも意外と楽しかったです」

松尾がのんびりと悦に入っている。

「探偵ごっこねえ」

佳音にしても、まさか沖縄まで来て謎解きをすることになるとは思わなかった。

玄関で渡会がぼんやり立っている。絵里がぱっと顔を輝かせた。渡会がにやりと笑って外を指差す。

「よう。今から外で花火をするぞ。お前らも一緒に来い」

「花火？」

「打上げじゃなくて、線香花火だけどな」

佳音はほかのふたりと顔を見合わせた。

「行く！」

「行きます！」

返事をハモらせながら、渡会を追って三人で駆けだしていく。

沖縄の夜も、楽しく過ごせそうだ。

ナンバーワン・カレー

——吉川美樹《よしかわみき》の場合——

美樹先輩、お邪魔しまっす、などとわいわい言いながら、真弓《まゆみ》クンたちが玄関口にたむろしているようだ。

「美樹先輩、入っていいですかー」

「いいから上がってよ。いまちょっと、手が離せないの」

あたしこと吉川美樹は、台所からフライパンを片手に大声で返事した。ガスコンロの上では、夏野菜のグリーンカレーが深鍋の中でふつふつと煮えているし、手元のフライパンではゴーヤチャンプルーの卵が固まりかけているところだ。とろみが残っているあいだに火を止めないと。後輩のお出迎えなんか、している場合ではない。

「ああっ、すごくいい匂い」

遠慮のカケラも見せずに、ずかずかと台所まで上がり込んできたパーカッションの真弓クンが、充満するカレーの香りをふかぶかと吸い込み、恍惚《こうこつ》と目を閉じる。その後ろでは、トロンボーンの土肥《どひ》さんが、こちらは若干の遠慮を残しつつも、香辛料の絶妙なハーモニーに心をくすぐられているようだ。なんびとたりとも、この香りの前ではうやうやしく跪《ひざまず》かざるをえない。カレーは食欲の女王だ。

「うわあ、おなかすいてきたあ」

真弓クンが、口の端からよだれを垂らしそうな顔で言った。

「真弓クンは、年がら年中おなかをすかせてるじゃない」

土肥さんが面白そうに口に手を当てる。

「あっ、ひどい！ いくらなんでも、それほどじゃないっすよ。食後は私もさすがに、おなかいっぱいになるんで」

「先週なんか、焼き肉をおなかいっぱい食べたあとで、デザートは別腹だって言って、チョコケーキを三つも食べたくせに」

——なんだかんだ言って、土肥さんも航空中央音楽隊になじんできたようじゃないの。同期の鳴瀬《なるせ》佳音《かのん》は、今ごろ沖縄出張で渡会《わたらい》と再会し、よろしくやっているはずだ。いや、よろしくやっているならいいのだが、佳音のことだからあいかわらず渡会の淡い恋心なんかに気づきもせず振り回しているのだろう。

——困ったやつ。

「すぐお昼でいいよね？　グラスにお水を注《つ》いでくれる？」

こういう時、女同士は気楽で便利なもので、ふたりがすぐ甲斐甲斐しい働き手と化して、スプーンやフォークをテーブルに並べ、水を注いでくれる。炊きたてのご飯を深皿に盛り、カレーをよそうと、墓からさまよい出たゾンビのように両腕を前に突き出した真弓クンが、皿を捧げ持ってふらふらとテーブルに戻った。全員が揃《そろ》うまで口をつけないだけの理性は残っているようだ。

「さあ、どうぞ。ぞんぶんに召し上がれ」

カレーを主食に、真ん中の大皿に盛り付けたゴーヤチャンプルーをおかずにして促すと、元気よく「いただきます」と唱和するやいなや、ふたりは男子高校生もかくやの勢いでカレーに食らいついた。

――うん、いいでき。

あたしはスプーンで上品にひとさじすくい、薄緑色がかったグリーンカレーを、目と鼻でたっぷり観賞したのち、口に入れた。ココナッツミルクの甘みとスパイスの刺激が調和し、ズッキーニにナス、グリーンアスパラに赤ピーマン、それにトリのもも肉を少々投げ込んで、とろとろにとろけるまで朝から煮込んだ出汁《だし》がたっぷり加わり、えも言われぬ美《お》味《い》しさ。アスパラの緑とピーマンの赤が加わって、見た目のいろどりも悪くない。

タイから直輸入しているというグリーンカレーのペーストは、見た目の優しい色とは裏腹に、がつんと辛い。ココナッツミルクをひと缶入れて辛さを抑えるのだが、それでも舌に残る辛さだ。

「生きてて良かった――!」

うっとり目をつむった時、真弓クンが感極まった口調で呟《つぶや》いた。それ、今からあたしが言おうと思ったのに。

本当は、にんにくをひとかけら隠し味に入れたかったのだが、明日は日曜出勤だし。小さな演奏会とはいえ、乙女が三人揃ってにんにくの臭いをぷんぷんさせているのもどうかと思うし、だいたい休みにつるんでいたことがモロばれだ。

「おかわりもあるからね」

「いただきます!」

「このチャンプルーも美味しいですね。私、ゴーヤは少し苦手なんですけど、これは全然苦くなくて」

土肥さんが小皿に取ったゴーヤを嚙《か》みながら、感心したように頭を振っている。

「ワタをしっかり取って、薄めに切って、焦げ目がつくくらい、しっかり火を通すのが苦くならないコツなんだって。沖縄出身の隊員に教えてもらったの。後から卵を入れたからちょっと焦がしちゃったけど、これぐらいでも美味しいよね」

美味しい、美味しい、死ぬほど美味しい、と言いながら食べているふたりを見ながら、あたしはようやく満足して微笑《ほほえ》んだ。

「でも美樹先輩、急にどうしたんすか？　うちにお昼食べに来いなんて。いや、もちろん大歓迎なんすけど！　毎週でも呼んでほしいくらいっすけど」

真弓クンの言葉で、あたしははっとして、そもそもこのランチ会を計画した理由を思い出した。そうだ。朝からくそ暑いなか、エアコンもつけずに野菜と肉を煮込んでいたら、すっかり忘れていた。

あたしは居住まいをただし、ふたりをゆっくり、真剣に、かわるがわる見つめた。

「──あたしの料理、まずくないよね？」

彼女たちが怒濤《どとう》のように、「とんでもない！」「こんな美味しい料理、久しぶりに食べました」などと言い募るのを聞いて、安堵《あんど》のあまり涙がこぼれそうになる。自分の舌がおかしくなったのかと心配していたのだ。

「ど、どうしたんっすか、美樹先輩。鬼の霍乱《かくらん》──じゃなくて、鬼の目にも涙」

「ま、真弓クン！　よしなさい！」

──ったく、ひとことよけいだ。

「説明すると長くなるんだけど――」

そう、すべては、〈あいつ〉が二週間も音沙汰なく自宅を留守にした後、昨日の夜ふらっと帰宅した時から始まった。

〈あいつ〉こと、陸上自衛隊の吉川隆太《よしかわりゅうた》二等陸曹は、何を隠そう、わが夫だ。佳音のやつは、どうしてこのあたしに亭主がいて、自分に恋人がいないのかなどとほざくのだが、そんなのあたりまえだ、あのバカタレ。あんな超絶技巧的鈍感ムスメに、彼氏なんざできてたまるか。

それはともかく、昨日帰ると思ってなかった隆太が帰宅して、汗臭い下着を詰め込んだボストンバッグを床に投げだした。

（ああ、腹減った。なんかない？）

などと疲れた表情でソファに倒れ込んで聞くものだから、あたしは急いで夜食を用意した。残りものの ご飯があったので、小分けして冷凍しておいたカレーを解凍して鍋で温め、急な食欲にも十分とかからず自家製カレーを出せるなんて、あたしったらデキる妻、と自画自賛しながらよそって出したわけだ。

そうしたら――。

「食べながら隆太のやつ、なんて言ったと思う？」

「さあ――」

真弓クンと土肥さんが、戸惑いを隠せず首を振った。

「『糧食のカレーが余ってたのに、持って帰れば良かったな』って言ったのよ！　あたしの美味しいカレーを食べながらよ！」

悔しいぃぃぃぃぃぃ、と声にならない怨嗟《えんさ》の声を上げて罵《ののし》っていると、ふたりが困ったように顔を見合わせた。

「でも、美樹先輩のカレーが美味しくないと言ったわけではないと思いますけど――ねえ？」

「そうっすよ。糧食のカレーってあれでしょ、パックに入ったレトルトっしょ。野外訓練なんかで、お湯で温めて食べるやつですよね。自衛隊の糧食はたしかに私でも満足なくらい、ボリュームがあって美味しいけど、それでもレトルトには違いないっす。美樹先輩のご飯には負けますよ。単にそれ、もったいない精神の発露じゃないっすか」

「そうじゃないのよ。あの目は言ってたの。あっちのほうが良かったって！」

結婚して五年になるが、五年も経つと夫婦もそろそろ戦友になる。戦友というのは、目の色でだいたい言いたいことがわかるものだ。

「うーん、鳴瀬先輩がいたら、美樹先輩が納得するようにちゃんと話してくれたかもしれませんけど」

いや、それは土肥さんの買いかぶりだ。佳音がいたら、よけいに話をややこしくするだけだと思う。

「美樹先輩の旦那さまって、陸自の隊員でしたよね。そもそも、二週間も帰ってこないこと、よくあるんですか？」

「そこまで長いのはめったにないけど、突然訓練期間に入ってしまうこともあるし、一週間くらい帰ってこないのは普通かな。そもそも、隆太は習志野《ならしの》駐屯地で勤務してるから、国立《くにたち》まで帰るのに一時間半くらいかかるのよね。遅くなると帰るのがしんどくなっちゃうらしくて、よく泊まり込んだりしてる」

たとえ訓練でも、家族にも行き先を言えず、そのまま何日も泊まり込み、なんてことがあるのが自衛官だ。そのへんはあたしも自衛官の一員だけに、理解している。そもそも、隆太と知り合ったのは、彼が立川《たちかわ》駐屯地で勤務していた時だった。基地の周囲を走っている時に、隆太があたしの横顔にひと目惚《ぼ》れしたのだ。

結婚して、ここ国立に2LDKのマンションを買い、新婚生活を始めてまもなく、彼は習志野駐屯地に異動になった。それも、第一空挺団所属だ。以前から希望を出していたらしく、躍り上がって喜ぶ顔を見ると、通勤時間が長くなると帰りにくいんじゃないかなんて口に出す気がなくなった。案の定というか、予想通りだったわけだけど。

「厳しい訓練の後で疲れていて、塩気が欲しかったんじゃないですか。糧食ってかなり塩味をきかせてますよね」

「それはまあ、考えないわけじゃなかったけどさ――」

「きっと、それっすよ。スポーツ選手だって、試合の後は塩辛いものを食べたがるし」

――そうだろうか。そんな単純な話なんだろうか。

「でも、あいつ妙に甘党なの。たぶん訓練に持って行くんだろうけど、上白糖ひと袋とか、鞄に入れてっちゃうのよ」

ええええ、と真弓クンたちが驚愕《きょうがく》している。そりゃそうだ。あんな大量の砂糖を持ち込んで、どうするんだろう。残りを持ち帰ったこともないし。コーヒーにでも入れるのだろうか。それにしては、自宅でコーヒーを飲んでも、そんなに砂糖を入れたりしないのに。

「心配ないっす。美樹先輩のご飯は最高っすよ」

「そうです、本当に美味しいですよ。お店が持てるレベルですって」

眉間《みけん》に皺《しわ》を寄せて悩むあたしを、真弓クンたちはこもごも慰めようとしてくれる。だけど、やっぱりいまひとつ釈然としないのだ。隆太のやつ、あたしのカレーに満足してないんじゃないか。それならそうと、はっきり言えばいいのに、よりによって糧食のほうが美味しいだなんて。

――ああ、思い出すだけで腹が立つ！

「それにしても、美樹先輩っておうちの片づけもきっちりしてますね。私なんて、内務班を出たらもう、家のなかグダグダなんですけど」

土肥さんが感心したように言い、室内を眺めた。自衛隊の内務班にいると、抜き打ちで先輩隊員が部屋を検査するので、どこもちりひとつない環境に保たれる。

尻馬に乗って、真弓クンまでリビングをうろうろし始めた。たぶん、関係ない話題で元気づけようとしてくれているのだろう。

「そう言えば、今日は土曜日なのに、旦那さまはどうしたんっすか？」

ＣＤを並べてあるライブラリの前に座り込み、ジャケットを眺めながら真弓クンが尋ねた。今どきはダウンロード流行《ばや》りだが、あたしは今でもＣＤを集めるのが好きだ。クラシックや仕事で使えそうなポップス、ジャズなどがあたしの担当で、隆太が買うのは彼が好きな日本のロックやポップスだった。

「呼び出しがあって、友達と一緒に朝から出かけたみたい」

「呼び出しって、タイマンとかじゃないっすよね」

「まさか。ドライブでもするんじゃないの」

そう言えば、車で聴くためか、今朝は出がけにCDをあさっていたようだ。

「あ、すごい。ガガガSPにカブキロックスに有頂天だって。パンクにロックにテクノっすか。面白い取り合わせっすねえ」

「隆太の趣味よ」

「怒髪天もありますよ。あれえ、すごいな、全アルバム集めてるんっすね」

真弓クンは、音楽隊の中でも少し変わった曲の好みの持ち主で、誰も知らないようなアニメのテーマソングを知っていたりする。日本のロックやポップスも好きなようで、目を輝かせながら隆太のコレクションをあれこれ眺めていた。

あたしは食卓に残った皿やスプーンを集め、台所に持って行こうとした。

「あ、片づけ手伝います」

土肥さんが素早く手伝ってくれる。こういうところ、真弓クンは見習うべきなのだが、彼女は完全にCDに没頭しているようだ。

「今日、ふたりが来てくれたおかげで、気がまぎれて助かったわ。でないとひとりで悶々《もんもん》と悩んでそうだったもん」

「まさかあ、美樹先輩ってそういうタイプでしたっけ？　案外、けろっとしてDVDを見たりしてたかもしれませんよ」

土肥さんの軽口に思わず笑ってしまった。

「美樹先輩！　ちょっと来てみてください」

「なによ？」

居間で真弓クンが呼んでいる。なにやら興奮している様子に、土肥さんと顔を見合わせた。

「ほら、これ——怒髪天の『Tabbey Road』ってアルバムなんですけど。このCDに、『ナンバーワン・カレー』って曲があるんですよ」

CDケースを振り回しながら、真弓クンが笑顔を見せた。何の話かわからなくて、あたしは首を傾げながら近づいた。

「どゆこと？」

「ナンバーワン・カレーですよ！　美樹先輩の旦那さまは、怒髪天が好きで、全アルバムを集めちゃってるんです。きっとこのアルバムも、何回も聴いてますよ。この曲たしか、奥さんのカレーが一番美味《うま》いって歌詞なんですよ」

「そうなの？」

横に来た土肥さんも驚いている。そう言えば、隆太が前にかけていたかもしれない。たしか、「カアちゃんのカレー」は甘口で美味いって——。

「甘口か！」

あたしは手をポンと打った。

「そう言えばあいつ、つきあい始めた頃、カレー屋に行くたび甘口を頼んでたわ」

五年も経つと、すっかり忘れていた。小さい子どもがいるならともかく、大人だけの食卓に、甘口のカレーという選択肢は思いつきもしなかった。

「カレーの甘口なんか、何が美味いんすかね。カレーはカーッと辛くてなんぼでしょう」

「まあ、そう言わず。辛いもの苦手な人もいますからね」

「あたし、作る！」

はあ？　と、ふたりが雁首そろえてポカンとこちらを見やる。

「今から甘口のカレー、作ってみる！　材料はあるから――」

甘口とは言っても、子どもが食べるようなものではあたしのプライドが許さない。ちゃんと大人の味付けで、しっかり辛さも残して、玉ねぎやジャガイモ、野菜をたっぷり入れて。とびきり美味しいのができるはずだ。

冷蔵庫の野菜室と、床下収納庫を開けてぶつぶつ言い始めたあたしを見て、ふたりはそっと頷《うなず》いた。

「わかりました。頑張ってくださいね、美樹先輩！」

「私たち、これで帰ります。明日のご報告を楽しみにしてるっす！」

任せてとサインを送り、ひとまず玄関を閉めて、あたしは甘口カレー作りに没頭した。昔の喫茶店で出てきたような、ちょっと懐かしい感じの甘口カレー。

なんのかんの言っても、カレー作りは楽しい。ジャガイモやニンジンの皮を剥《む》いて適当な大きさに切って、玉ねぎをたっぷり、ざく切りにして。昔、中学校の家庭科では、ジャガイモとニンジンは煮崩れしないように面取りしなさいって教えられたけど、食材がもったいなくって、あたしは削らない。スパイスを入れる前からもう、野菜のいい匂いが漂う。

――どうして忘れていたんだろう。

隆太が甘口を好むのは、初めてふたりでカレー屋に行った時、隆太自身が恥ずかしそうに言ってたじゃないか。だけど、結婚するとすぐに奴は異動になって、毎日家でご飯を食べるわけではなくなった。そうすると、たまに帰ってくる時には、手のかかる料理を食べさせたくなって、カレーを作るにしても、キーマカレーにしようとか、ドライカレーにしようとか、凝ったことをするようになった。

――あいつ、それならそうと、甘口が食べたいってはっきり言えばいいのに。

ちょっと考えて、野菜を煮込むのにトマトジュースも使うことにした。健康的なカレーになりそうだ。鍋の中で、ぐつぐつ煮込んだジャガイモとニンジンが、角が取れて柔らかくなってくる。この角の取れぐあい、まるで今の自分のようだ。

市販のカレールーを使いたくなかったので、クミンやコリアンダーを入れ、牛乳を足して甘みをつけたり、生姜《しょうが》をすったりと、ほとんど魔女が薬草を煎《せん》じるようになってきたけど、試すうちに楽しくなってきて、夢中であれこれ加えていった。

——できた。

ちょっと小皿に取って味見。うん、甘口だけど甘すぎないし、お子様向けの味ってわけでもない。スパイスもきいて美味しい。

なんだか脱力して、カレー鍋を前にぼうっと立ちつくしていた。

「あれえ、いい香りしてるなあ」

振り返ると、隆太が戻っていた。

窓の外に、いつの間にか夕陽が差している。カレー作りに熱中するうちに、すっかり夕方になっていた。これだけ煮込めば、さぞかし美味しいものができたはず。

「今晩も、カレー？」

香りを嗅《か》いで、隆太も目を細めている。髪を五分刈りにしているので、もともと卵形の小顔なのに、よけいに顔が小さく見える。

「うん。食べてみる？」

小皿に少しご飯をよそい、カレーをかける。スプーンと共に隆太に渡すと、ひと口食べて目を丸くした。

「うわあ、美味しい！　甘口だね」

顔がほころぶのを見て、あたしは心底ほっとした。そうか、味音痴ってわけではなかったのか。実をいうと、ちょっと心配したのだ。あたしのカレーの美味しさがわからないなんて、ひょっとしたら――。

「そういえば、長期で出かける時、いつも砂糖をいっぱい持っていくけど、あれ何に使ってるの？」

隆太が、ぎくりとした様子で振り向く。

「――それ、いま聞く？」

「怒らないから言ってごらん」

「糧食でカレー出るじゃん。塩辛くて、疲れた時には美味しいんだけどさ。俺、やっぱり甘いの好きなわけよ」

「まさか――」

糧食のカレーに、砂糖をどぼどぼと投入するところを想像して、絶句する。

「わ、わかった。聞くんじゃなかった」

「でしょ？」

さも美味しそうに、隆太は小皿の残りをたいらげた。夕飯が待ちきれないといった様子だ。

「そうだ。おふくろのカレーには、ヨーグルトも入れてるって言ってたな。ほんの少し入れてみると、酸味が出ていいかも」

「えっ――」

――いま、何と言った。

あたしはしばし、硬直した。いま、「おふくろ」と言わなかったか。

「あと何だったかな。そうそう、にんにくのすりおろしを入れるって言ってたかも。あれがまた美味しいんだ」

隆太はにこにこ笑いながら、小皿とスプーンを流しに置いて、着替えてくると言って寝室に向かった。

あたしはCDライブラリに駆け寄り、怒髪天のアルバムを取り出し、歌詞カードを読みなおした。

――ちょっと待て！「カアちゃんのカレー」っていうから、ヨメのことかと思ったら、おふくろの味だったのか！

あたしは流しにがくりと手を突いて項垂《うなだ》れた。隆太の両親は埼玉で健在だ。隆太の父親は元自衛官だった。お義母《かあ》さんは、専業主婦で色白で、ふくよかな手をしたとっても優しそうな人だ。また実際、優しい。あたしもいじわるなんか、されたことがない。

しかし、それとこれとは別の問題。

あたしは、できたばかりのカレーをキッと睨《にら》んだ。

――ヨーグルトだと。にんにくのすりおろしだと。冗談ではない。

おふくろの味が恋しいと旦那が言ったばかりに、スピード離婚した夫婦をあたしは何組も知っている。

冷蔵庫の奥から、しばらく前に買って、辛すぎるのでほとんど使っていない四川《しせん》料理用の豆板醤《とうばんじゃん》のボトルを出した。どのくらい辛いかというと、小さじ一杯入れただけで、マーボー豆腐が炎の辛さになるレベルだ。

それを、あたしはカレー鍋の中に垂れ流してやった。後悔はないはずだが、なぜか目から水が出てきた。辛すぎる豆板醤に当てられたのだろうか。

――佳音が帰ったら、何があったか話してやるとしよう。

いっそすがすがしい気分で、あたしは鍋に蓋をした。

行きゅんな加那

始めるぞ、と演奏班長の世良《せら》二等空尉が声をかけたのを合図に、隊員らが音楽隊専用トラックの後部扉を開いた。

「ふう、今日も暑いねえ」

鳴瀬佳音《なるせかのん》は、眩《まぶ》しい日差しに目を細め、航空自衛隊の正帽をぐっとかぶり直した。帽子の短いひさしでは日光を完全には遮《さえぎ》れない。那覇《なは》基地内ではサングラスの使用も許可されているというが、さもありなんと思うほどの強烈さだ。視線を上げると、ペンキを刷《は》いたようなべっとりとした青空に、つまんで食べてみたいくらい真っ白な雲が浮かんでいる。

──沖縄だなあ。

こんな空を見ると、自分がいる場所に実感が湧《わ》いてくる。

航空自衛隊那覇基地の格納庫前に、迷彩色に塗装された輸送ヘリコプターＣＨ－47Ｊが、後部の扉をぱっくりと開いた状態で駐機している。那覇ヘリコプター空輸隊のヘリだ。カバカエルみたいな動物が、大きく顎《あご》を開いてこちらを飲みこもうとしているように見える。愛称はチヌーク。ネイティブアメリカンのチヌーク族から命名されたそうだ。米軍では、ヘリコプターの愛称に、アパッチ、シャイアン、イロコイといったアメリカ先住民族の名前をつけている。チヌークはローターを含む全長が三十メートルを超える大型輸送ヘリだった。これから楽器などを積んで、二十人ほどいる音楽隊の隊員たちと一緒に沖永《おきのえ》良部島《らぶじま》まで運んでもらうのだ。

音楽隊専用トラックの後部には、電動リフトが装備されている。大小さまざまな楽器ケースや、パイプ椅子《いす》、譜面台などを効率的に出し入れするためだ。開いた扉から南西航空音楽隊の隊員が身軽に荷台に飛び乗り、リフトを使ってどんどんケースを下ろし始めた。

こんな時に活躍するのは渡会《わたらい》だ。トラックの奥に飛び込み、ケースを両手いっぱいに抱えて戻ってきては、リフトに載せる。見る間にトラックの内部が空っぽになった。

「これもヘリに持っていけばいいんだよね」

佳音は両手に楽器ケースを提げ、チヌークに向かって歩きだした。

「鳴瀬三曹、お疲れ様です。そのへんに置いてくれれば、あとは慣れた人がやりますから大丈夫ですよ」

清水絵里《しみずえり》空士長が、ティンパニのケースを台車に載せて押しながら近づいてくる。あいかわらず、輝くような若々しい肌だ。

そういえば、航空自衛隊で輸送機や輸送ヘリの貨物搭載などを一手に引き受けているロードマスターと呼ばれる隊員たちも、南西航空音楽隊のパレットへの積み込みは音楽隊に任せておいても大丈夫、と太鼓判を押しているとか。南西航空音楽隊は南西航空混成団の司令官直轄部隊で、カバーする範囲には離島が多い。船で行くこともあるが、久米島《くめじま》、宮古島《みやこじま》、与那国島《よなぐにじま》など、ヘリでなければ時間がかかりすぎる島もある。年に何回かチヌークに乗って行くので、積み込みにも慣れたのだと川村《かわむら》隊長が教えてくれた。

「鳴瀬三曹、そんなの僕が持ちますよ！」

いつの間にか背後にいた新人の松尾光《まつおひかる》一等空士が、ひったくるように佳音の手から楽器ケースを奪う。

「わっ！　いいよ、松尾君！」

「いいですから、任せてください！」

私の仕事を奪わないでと言いたいのだが、いかにも嬉しそうにはしゃぐ松尾を見ると、叱るのも可哀そうになってくる。ころころとじゃれつく子犬のようだ。

「他人に構う余裕があるなら、ヘリの積み込みを覚えろ！」

ふいに、太い上腕が松尾の首にぐいと回された。渡会だ。わあああ、と松尾が大げさに悲鳴を上げてじたばたしながら引っぱられていく。周囲はみんな、おかしそうに笑って眺めている。渡会は、すっかり南西航空音楽隊に溶け込んでいるようだ。

感嘆のため息が聞こえたので横を向くと、絵里がティンパニのケースにもたれて渡会に見とれていた。

「いつ見ても、本当にかっこいいですよねえ、渡会三曹」

――そうかあ？

脳裏に浮かんだ疑問符は押し隠し、佳音は生温かく微笑《ほほえ》んだ。絵里は渡会に恋する乙女になりきっている。可愛いものだ。

「さあ、早くそれも積み込んじゃおうよ」

絵里の台車に手をかけ、佳音は駆けだした。

「待ってくださいよ、鳴瀬三曹！」

慌てて絵里が追いかけてくる。

佳音が南西航空音楽隊の支援に来て、二週間が過ぎた。那覇基地のサマーフェスタが七月十九日、名護《なご》市の名護夏まつりが七月の終わりにあり、八月四日――つまり今日、沖永良部島知名町《ちなちよう》のふるさと夏まつりでの日帰り演奏が終われば、晴れてお役御免となる予定だ。

内務班で同室の絵里には渡会との仲を邪推され、当初はどうなることかと心配したが、休日には他の隊員たちと浜辺でバーベキューをしたり、首里城《しゅりじょう》や中城《なかぐすく》、万座毛《まんざもう》や沖縄美《ちゅ》ら海《うみ》水族館に連れていってもらったりと観光も楽しんだ。なにより、石垣《いしがき》牛にアグー豚、ラフテーに海ぶどうにマンゴー、沖縄そばに泡盛と、沖縄の美味しい食べ物も満喫して、予想以上に充実した沖縄出張になったわけだ。

——美樹《みき》たちが聞いたら、羨《うらや》ましがるだろうなあ。

特に、食い意地の張った真弓《まゆみ》クンあたりが聞いたら、ハンカチを嚙《か》みしめて悔しがるかもしれない。彼女たちへの土産《みやげ》をしっかり用意しないと、後がたいへんだ。明日には立川《たちかわ》に帰る予定だが、もうしばらく沖縄にいたい気分だった。

鹿児島県の沖永良部島は、沖縄本島から直線距離でおよそ六十キロメートル。船だと七時間ほどかかるが、ヘリなら四十分ほどで着く。乗ったと思えばもう到着だ。

チヌークの壁面には、壁から引き下げて使うトループシートという簡易椅子が並び、隊員たちが腰を下ろしている。風疹《ふうしん》で休んでいたサックスの隊員も、すっかり回復して今夜の演奏には参加する予定だ。

「すごい景色だよね」

ヘリが那覇基地を飛び立つと、佳音は小さな窓から外を覗《のぞ》き、みごとな景観に息を呑《の》んだ。隣に座った絵里が頷《うなず》いている。沖縄の海は、佳音が生まれ育った青森の海とは色も透明度も違う。海の底まで透き通るようなコバルトグリーンなのだ。白い砂との対比がみごとで、絵心のない佳音ですら絵を描いてみたい気にさせられる。

（海岸の白い砂は、珊瑚《さんご》の死骸なんだってよ）

前の休みに浜辺でバーベキューをしながら、渡会のやつが無駄な知識を披露したが、それはどうでもいい。珊瑚に付着する藻を食べる魚が、藻と一緒に珊瑚のかけらも食べてしまい、それが排出されてできたのが白い海岸線だと、渡会は楽しそうに説明していた。

——つまり、魚のフンだと言いたいわけだ。

佳音は思わず白い目で見てしまったのだが、なにしろ相手がデリカシーに欠ける渡会なので、どうしようもない。こんなやつと高校の同窓生だとは——そして、こんな男を惚《ほ》れぼれと見ている絵里もどうかしている。

「こうして見てると、本当に美しい島だよな。俺が最初に南西航空音楽隊に配属された時は、まだ高校を出たばかりのティーンエージャーでさ！」

三人向こうに座った川村隊長が、情け容赦のないチヌークのローター音と振動に負けないよう、声を張り上げた。

「当時は、今みたいに自衛隊と住民の雰囲気が良くなかったんだ。成人式もここで迎えたんだけど、成人式に制服で出席するなんて、とてもムリな感じだったなあ」

――そうだった。それもまた、沖縄が持つもうひとつの顔だ。

美しすぎる景色を見ていると、つい忘れそうになるが、戦後長らく米軍の管理下に置かれ、一九七二年の沖縄本土復帰以降も、日本にある米軍軍用施設の面積の七割以上が置かれているため、沖縄は常に基地問題を抱えている。戦争末期の沖縄地上戦は地元住民にも大きな被害を与え、集団自決などの悲惨な歴史が今に語り継がれている。

風光明媚《ふうこうめいび》でアメリカナイズされた南国の観光都市の顔と、戦争と基地の複雑な歴史を背負う顔とを併せ持つのが沖縄だ。国内におけるダイビングやサーフィンの聖地でもあり、首都圏を除く地方の人口が減り続ける日本において、いまだ人口が増え続ける珍しい県のひとつでもある。

「ほら、もう見えてきた」

川村が窓を覗いて指を差す。佳音も外を眺めた。フライドチキンを思わせる形の、小さな島が見えている。チキンの骨のあたりが和泊町《わどまりちょう》、円形にふくらんだ肉のあたりが知名町だ。沖永良部島はこのふたつの町からなり、人口はおよそ一万三千人。珊瑚礁が隆起してできた島で、地底には数多くの鍾乳洞《しょうにゅうどう》が見られるそうだ。

地理的には沖縄本島から近いが、沖永良部島は奄美《あまみ》群島に属し、鹿児島県大島《おおしま》郡の一部になる。知名町の真ん中あたりには大山《おおやま》という高台があり、ここに航空自衛隊のレーダー基地、沖永良部島分屯《ぶんとん》基地がある。大山というから「山」かと思えば、標高二百四十五メートルで「丘」と呼んだほうが正しいような、なだらかな丘陵だ。

今夜の夏祭りでの演奏は、知名町からの依頼だった。今年は奄美群島が日本に復帰して六十周年になる。その記念で、様々なイベントが企画されているそうだ。南西航空音楽隊の出演もその一環だった。

今日の演奏曲は、ザ・チャンプスが一九五八年にヒットさせた南米音楽『テキーラ』に、沖縄の民謡、それにアース・ウィンド&ファイアーの『セプテンバー』などだ。ヘリが高度を下げ、沖永良部島分屯基地のヘリポートに降りていく。

——さあ、南空音での仕事もこれでおしまい。

佳音はぴしゃりと頬《ほお》を両手で叩《たた》き、気合いを入れ直した。隣でこちらを見つめていた絵里が、にこりと笑って首を傾げる。

「あっという間でしたね」

「ほんとだね。明日帰るなんて思えないよ」

「正直、私はホッとしますけど」

絵里の言葉に怪訝《けげん》な表情になってしまう。

「やっと渡会三曹を独り占めできますから」

佳音は吹き出した。

「やだなあ、絵里ちゃんはもう」

他人に聞こえないよう、絵里が耳元に口を寄せてくる。そんなことをしなくとも、これだけローター音がやかましいと、聞こえるはずがないのだが。隣にいる佳音ですら絵里の声が聞き取りにくいくらいだ。

「だって、いくら鳴瀬三曹がつきあってないと言っても、仲が良すぎるじゃないですか」

「仲がいいわけじゃないけど、馴《な》れ馴れしいのはしょうがないよ、高校の同窓生なんだからさ」

仲がいいなどと言われると、戸惑ってしまうではないか。これだけ毎日、口喧嘩《くちげんか》を続けているのに。絵里が黙って微笑した。

ヘリが地面に降り、エンジンの音が変わる。みんな待ちかねたように、トループシートのベルトを外し、後部扉が開くのを待っている。やがてゆっくりと後部扉が下りていき、明るい光が差し込むと、生き返った気分になった。あとは、分屯基地が用意してくれたトラックで、荷物を会場まで運ぶだけだ。

会場は、島の南端にある知名漁港のそばだ。今日は朝から、港の安全を祈願するお祭りや、海上パレード、くり舟競争などが行われているはずだった。一三〇〇《ヒトサンマルマル》前後には、航空自衛隊南西航空混成団の第八十三航空隊による展示飛行も行われる予定だ。

「第五十五警戒隊の望月《もちづき》です。本日の調整を担当しました！」

小柄で、渡会にも負けないくらい真っ黒に日焼けした若い三曹が、川村隊長と世良演奏班長に挨拶《あいさつ》している。夏まつり実行委員会とのこまごまとした調整があって、現地にいる望月はけっこう大変だっただろうなと、佳音は彼の後ろ姿を見やった。

基地周辺から大山一帯には、檜《ひのき》や杉の木に交じり、南の島らしいガジュマルやソテツなども見える。白っぽい実のなる木を見つけて何だろうと見つめていると、絵里が荷物を運びながら「エゴノキですね」と声をかけてきた。

「そういう名前の木なの？」

残念ながら佳音は植物にさほど詳しくない。

「はい。六月頃なら、白い花が見ごたえあったんですけど」

「絵里ちゃんって、こっちの人？」

「実家は宮古です。エゴノキは、日本全国どこにでもあると思いますけどね」

「宮古島出身なんだ！」

宮古島といえば、とろけるほど甘い果肉から果汁がしたたる、宮古マンゴーだ。想像しただけで脳内麻薬のエンドルフィンが放出される気がする。南の島で育ったのに色白だなあと考えたのがわかったのか、絵里は意地悪く笑った。

「渡会三曹は、青森出身でも真っ黒です」

「――だよね」

いけない。何もかも顔に出てしまう子どものような性格をなんとかしたい。

知名漁港までマイクロバスで運ばれる間、絵里は隣に座って沖永良部島の歴史や鍾乳洞について教えてくれた。高校時代は吹奏楽部以外に探検部にも所属していて、鍾乳洞探検によく来たらしい。特に、映画『八つ墓村』の撮影でロケに使われたという昇竜洞《しょうりゅうどう》の規模が大きく、有名なのだそうだ。

漁港のメイン会場には、紅白の幕を引きまわしたステージと、簡易な客席がすでに組み上がっていた。屋根のあるステージのすぐ後ろには、テトラポッドに打ち寄せる波が迫る。波の音を聞きながらの演奏になりそうだ。

舞台にパイプ椅子や譜面台、打楽器など大型の楽器をセッティングし、舞台横に第五十五警戒隊のパイプテントを張る。

隊員たちが忙しく動き回っている時だった。

「――あのう」

　背後で柔らかな女性の声がして、佳音は振り向いた。大きなサングラスをかけた女性が、腰をかがめて立っている。蘭の花びらのような、紫色の唇がぱっと目に止まった。

「今日演奏される、自衛隊の方ですよね」

「そうです」

　女性はドクロマーク、いわゆるスカル柄のサイケデリックなピンクのTシャツに、色褪《あ》せた穴あきジーンズ姿で、びっくりするほど薄い肩と細い腰の持ち主だ。日焼けした肌に、金色に染めた長い髪。誰かに似ていると思ってよく考えると、『銀河鉄道９９９《スリーナイン》』のメーテルにそっくりなのだった。多少、メーテルより色黒だが。印象が華やかで、思わず上から下までまじまじと見てしまう。サングラスをかけているので年齢がわかりにくいが、三十にはなっていないだろう。周りに大勢の隊員がいるのに、どうして自分に声をかけたのかときょとんとしていると、彼女が頭を下げた。

「私、皆さまの後で演奏する、民謡ライブ『よいすらあ』の芦屋《あしや》ヒトミと申します。本日は、どうぞよろしくお願いいたします」

「あっ、そうでしたか。これは失礼しました、こちらこそよろしくお願いします」

　丁寧《ていねい》な挨拶を受けて慌てた。それならそうと、先に言ってほしい。急いで川村隊長を捜し、ヒトミを連れていく。ロック歌手ならわかるが、彼女の恰好《かっこう》はどう見ても民謡歌手の雰囲気ではない。足元なんて、ビーチサンダルだ。本番直前に衣装に着替えるのだろう。

――いや、着替えるのであってほしい。

「それで、あのう」

川村との挨拶もそこそこに、ヒトミが微笑みながら紫色の唇を開いた。

「拝借をお願いした、マイク五本とアンプ、スピーカーの件ですが」

川村の動きが凍りついた。服装とは裏腹に、ヒトミの言葉遣いはしっかりしている。

「私たち、マイクなどの機材を貸していただきたいと、実行委員会を通じてお願いしていたんですが――」

川村の表情を見て、ヒトミもだんだん事情を察したらしく声が小さくなっていく。

「すみません、それ、僕らはいま初めて聞いたんですけど」

たまにこんな行き違いが起きる。望月三曹が飛んできて、彼も初耳だったらしく、夏祭りの実行委員会に事情を尋ねにいった。

「アンプとスピーカーはあるんですが、マイクは二本しか用意してないんですよ」

川村が困ったように仮設ステージの上を見た。用意されているのは、曲の紹介をしたり『テキーラ』の合いの手を入れたりするために川村が使うマイクと、民謡を披露する時に歌を担当する隊員が使うマイクだけだ。ヒトミが眉を寄せて、両手を頬に当てた。

「どうしましょう。私たち、いつもは奄美のライブハウスを中心に活動しているんですけど、昨日まで東京にいたもので、直接沖縄に飛んでフェリーでここに来たんです。機材は必要ないから、衣装と楽器だけあればいいと言われていたんですけど」

「マイク二本でどうにかならないんですか」

「三味線五本と歌が入りますので、二本ではちょっと――」

ヒトミの状況を考えると気の毒だったが、魔法のようにマイクを取り出すこともできない。困って三人で顔を見合わせていると、後ろから「どうした、ヒトミ」と尋ねながら近づいてくる足音が聞こえた。

「マイク、あったのか」

振り返り、佳音はまたしても絶句した。恰幅《かっぷく》のいい若い男性が、肉付きのいい――というか、ボンレスハムみたいな腕を振りながらこちらにやってくる。絵に描いたようなチリチリパーマに、やっぱりサングラスをかけてアロハシャツに短パン、足元は雪駄《せった》とくれば、民謡歌手というより別の職業ではないかと疑いたくなる。こちらもどこかで見たような人だと思えば、映画『男はつらいよ』に登場する、寅《とら》さんの弟分の源公《げんこう》をふくよかにしたようなタイプだった。

「『よいすらあ』の西方《よも》です」

　年に似ずしゃがれた渋い声で自己紹介しながら、男が顎を突き出した。顎というより、「顎のあたり」というのが正しいかもしれない。ぽっちゃり体型を超えて、西方の顔から首にかけては一体化しており、どこから顎でどこから首なのか見分けがつきにくい。

　川村と挨拶した後、こちらにも差し出された丸っこい手を見て、佳音はひそかに感心した。手のひらがぽってりと丸みを帯びて指が太く短く、ある意味、赤ん坊の手のように可愛らしい。

　川村が事情を説明しているところに、望月が息を切らしながら走って戻ってきた。

「実行委員の方も聞いてないと言うんです」

「おかしいなあ、僕が電話したんですが」

　西方が眉をひそめて首を振ると、餅のような頬がぷるぷると震えた。

「年配の女性の声で、『わかりました』と言われてましたよ。そういえば、どこかで聞き覚えのある声だったけどなあ」

「ともかく、役場などに使えるマイクがないか聞いてみたんですが、今日は会場が複数に分かれていて、あちこちで使っているので余分がないそうなんです」

　望月が生真面目《きまじめ》に説明する。彼は今日、民謡ライブを含めた音楽イベントの主管者という立場らしい。誰もが聞いてないというのだから、望月に責任はないはずだが、実行委員会などに愚直に相談したのだろう。

「それじゃもう、今日は中止するしかないんじゃないかなあ」

西方が両手を広げ、うんざりしたと言いたげに吐き出した。

「ちょっと、タカちゃん！」

ヒトミが西方の二の腕をつまんだ。

「中止だなんて言わないでよ。しかたないじゃない、マイク二本でやりましょうよ」

「そんなこと言ったって、居酒屋やライブハウスならともかく、野外だぜ？　最前列にだって声がまともに届かないよ」

「だって――」

言い争うふたりに、望月が割って入る。

「お話し中、すみません。本来、音楽用ではないので音質は良くないんですが、私たちの体育館で使っているマイクが何本かあります。今から取ってくれば、なんとかなりませんか」

「本当ですか！　助かります」

ヒトミの声が明るく晴れた。携帯に電話がかかってきたらしく、彼女が「ちょっと失礼します」と小声で告げて脇によけ、話し始めた。内容まではわからないが、「いま来られてるんですか？　遠くからわざわざありがとうございます」などという言葉が聞こえてくる。西方は唇を曲げ、彼女を見たり、ステージを見上げたりしていた。

その隙《すき》に、川村と望月がふたりで、アンプの端子は大丈夫かとか、インピーダンスがどうとかぶつぶつ相談していたが、結局は川村が大きく頷いた。

「開庁四十周年記念で使わせてもらったマイクなら大丈夫だ。音も悪くなかったですよ」

大山の沖永良部島分屯基地は、二月に四十周年を迎えて記念式典を開催した。その際に、やはり南西航空音楽隊が日帰りで来て演奏しているのだ。

「それじゃ、僕が車で行って取ってきます」

望月がさっそく駆けだそうとすると、ヒトミが慌てたように手を上げた。

「あの、私も行きます！」

えっ、と叫んで望月が立ち止まる。

「いや、しかし、マイクくらい自分ひとりで充分ですし、自衛隊の基地ですから、許可なく一般の方に入っていただくのも――」

「そうですよ、望月がすぐ取ってきますから、ここでお待ちになってください」

川村と望月がこもごも説得を試みたが、ヒトミは首を縦に振らなかった。

「それなら、基地の外で降ろしてくださっても結構ですから。自分たちが使うマイクなのに、取ってきていただくのを待ってるだけなんて――それに、持ってきてくださるマイクが本当にライブで使えるかどうか、自分の目で確かめたいですし」

ほっそりとなよやかな身体《からだ》つきにも似ず、彼女はなかなか強情そうだ。川村たちは鳩《はと》が首をつきあわせるように相談していたが、やがて諦《あきら》めたのか川村がこちらに手を振った。

「――わかりました。鳴瀬、お前も一緒に行ってくれ」

「へ？　私ですか？」

思いがけない指名だったので、きっと間抜けな顔をしてしまったのだろう。頼りなく見えたのか、川村は周囲を見回して、松尾も呼びつけた。

「松尾も一緒に行くんだ」

「はいっ、鳴瀬三曹と一緒ならどこまでも！」

松尾の即答は軽い。軽すぎてめまいがする。川村が松尾をつけたのは、今日ここに来ている中で、演奏の予定がないのが彼ひとりだからだろう。

「隊長、松尾二士だけで充分だと思いますが。あるいは望月三曹だけでも」

川村が佳音の肩を抱くように、ひそひそと話しだした。松尾に聞かれたくないらしい。

「鳴瀬、頼むよ。さっきから松尾のやつに渡会が構うから、渡会自身の作業が進んでないんだ。どういうわけか、妙に渡会が喧嘩腰だしな。松尾をしばらく渡会から引き離す。とはいえ、松尾だけつけるのは頼りないし心配だ。お前、子守りのつもりで同行してくれ」

「えええっ！」

——なんなんだそれは、私は松尾の母親か、お目付け役か。そんな役目は聞いていない。

いいから行ってこい、と強く背中を押され、佳音はしかたなくヒトミと松尾を連れて望月の車に向かった。背後に視線を感じて振り向くと、怒ったような顔の渡会と目が合ってしまった。渡会はすぐにぷいと視線を逸らしたが、困っているのはこちらではないか。

もうひとり、むっとした表情でこちらを見ている人間がいた。『よいすらあ』の西方だ。だいたい、彼が実行委員にマイクの件を伝えたのだから、彼自身が最後まで責任を持って対処するべきなのに、何もかもヒトミに押し付けてライブを中止したいというのだから、いい加減すぎる。

「門の外で待っていただくわけにもいきませんから、分屯基地に連絡して、来客の申請をしておきます」

望月が運転席に座り、佳音がヒトミと共に後部座席に乗り込むと、松尾が残念そうに助手席に座った。何を期待していたのだろうか、この青年は。

車の中は、直射日光を浴びていたせいで、蒸し風呂のように暖まっている。エンジンをかけるとすぐ望月がエアコンのスイッチを入れたが、なかなか涼しくならなかった。望月個人の車らしく、座席の後ろにはミッキーマウス柄のクッションが載っていたり、フロントガラスで神社のお守りがぶらぶら揺れたりしている。

「お手数をおかけして、本当に申し訳ありません。——なんだか、うちのバンドは近ごろこんな不手際が多くて」

車が走りだしてもヒトミの表情は暗い。

「この手のイベントは大勢の人が関係しますから、こういう連絡ミスは、よくあるとまでは言いませんけど、たまには起きるものですよ。あまり気にやまないほうがいいんじゃないですか」

どうやらヒトミは、派手な服装のわりに神経質で落ち込みやすいところもあるらしい。佳音の慰めにも、表情は晴れなかった。

「でもね、私たちが東京にいる間に、何度も起きたんです。マイクが足りない、衣装が足りない、楽器はみんな自分で持ち歩くので大丈夫ですけど。この前なんか、ライブハウスが他のバンドとダブル・ブッキングしていて、あやうく大恥をかくところでした」

「えっ、そんなことがあるんですか」

マイクや衣装はともかく、ライブハウスの予約がダブル・ブッキングとはまずいだろう。

さすがに佳音も驚いた。

「現場に行ったら、ライブハウス側はうちがキャンセルしたと思っていたというし、私たちは告知や宣伝もしてお客さんを呼んでいたし、もう一方のバンドも既に来ていて、どうしようかと思ったんですよ。幸い、ダブル出演ということでライブハウス側にも承諾してもらって、なんとかなりましたけど」

「でも、原因は？　何かないと、キャンセルしたなんて思わないですよね」

「男性の声でライブハウスに電話があって、『よいすらあ』のボーカルが風邪をひいて声が出ないから、キャンセルするって言ったそうです。もちろん、でたらめですよ」

「それってなんだか――」

嫌がらせのようじゃないか。

口に出すのは控えたが、ヒトミは佳音が言いかけたことを正確に読み取ったらしい。

「私たちに嫌がらせをして、得する人がいるとは思えないんですけど。犯人がわかればとっちめてやりたいって、仲間とも話しているんです。嫌がらせなんかに絶対に負けないからねって」

彼女の声には怒りがこもっていた。助手席の松尾が目を輝かせて振り向いた。

「それなら、ここに名探偵がいるじゃないですか！」

ヒトミが怪訝そうに首を傾げる。う、と佳音は目を白黒させた。松尾がボケた発言をかますつもりだ。

「よしなさい、松尾君！」

「じゃーん！　何を隠そう、こちらの鳴瀬三曹は、身近な事件の解決にかけては、ホームズにも負けない名探偵――」

「誰よ、そんな大ボラを吹き込んだのは！」

「立川《たちかわ》にいる間に、吉川《よしかわ》三曹に聞きました！　一緒に難事件を解決してるって。人呼んで立川のホームズとワトソンなんでしょう？　どっちがホームズかは言ってなかったけど」

美樹のやつめ！　と、佳音は頭を抱えた。どうしてこう、よけいなことを、とりわけよけいな相手に吹き込むのだろうか。運転席の望月まで、興味を引かれたようにバックミラー越しに後部座席を見ている。

「違うって、私は何《なん》にもしてないし、どっちかといえば探偵ごっこが好きなのは、美樹のほう――」

まあまあ、と松尾が手を振る。車は、林の中の緩やかな坂道を登っていく。分屯基地まで五分もかからないだろう。

「とにかく、状況を話してみるといいですよ、芦屋さん。何かわかるかもしれないし、わからないかもしれないし——、他人に話すだけでも気休めになるかもしれません」

　先輩をつかまえて、気休めになるかもとは松尾のやつめなんたる言い草と呆《あき》れたが、佳音は黙っていた。ヒトミがゆっくりサングラスを外し、こちらを向いた。民謡歌手にしては化粧が濃いと思ったが、とにかくとびきり綺麗な人だった。切れ長の澄んだ目に、マスカラの効果なのか、つけまつげなのか、まばたきをすると長いまつげがバサバサと音を立てそうだ。サングラスで隠すなんて、もったいない。

「ありがとうございます。ですけど、今お話しした通りなんです。ライブハウスの件のように、あからさまな嫌がらせはさすがに一度限りでしたけど」

「——『よいすらあ』というバンドは、さっき三味線が五本と言われてましたけど、五人で活動されているんですか？」

　まさか本気で謎を解く気になったわけでもないのだが、黙って聞いているのも芸がない。これも世間話の一環だ。

「そうです。奄美の島唄に『ヨイスラ節』という歌があるんです。その合いの手をバンド名にして、高校時代の仲間と一緒に始めました。メンバーの頭文字を取ると、西方、石田《いしだ》、鈴木《すずき》、蘭堂《らんどう》、芦屋で『よいすらあ』なんです。さっきのタカちゃん——西方がリーダーで、他に男性がひとり、女性がふたりいます。歌は西方と私がほとんど歌ってます」

高校時代の仲間とバンドを組んだと聞いて、佳音はちょっと遠い目になった。佳音も中学、高校と吹奏楽部にいたし、音大時代にはバンドを組んでいた。学生時代の仲間はいいものだ。それにしても、あのいいかげんな「源公」がリーダーだったとは。

「学生時代の友達とバンドを組んで、地元でライブ活動だなんて、音楽好きの夢ですよね」

ヒトミがちらりと苦笑を浮かべた。

「好きなことをやっているので文句はありませんが、音楽だけでは食べていけないので、みんなバイトを掛け持ちしてますけどね。私も昼間はコンビニでバイト、夜は居酒屋で民謡ライブみたいな生活ですよ」

そうか、と佳音もひとり頷いた。佳音の守備範囲外の世界ではあるが、ライブ活動だけで食べられるようになるには、メジャーなレーベルからCDを出したり、テレビで活躍したりする必要があるのだろう。

「今、マイナーレーベルでCDを出そうという話があって、先月も東京でレコーディングをしたんですけどね。だけど、それくらいはみんなやってることで、特に凄《すご》いことでもないです。私たちみたいにマイナーなバンドに嫌がらせする理由が見当たりません」

ヒトミが表情を曇らせるのも無理はない。他人の悪意に晒《さら》されるのは、気分が悪いものだ。思い当たる理由がない場合は、特に。

「今日は、連絡に行き違いがあったようでしたけど、衣装がなくなったって、どういう状況だったんですか？」

「東京のライブで着る衣装を、スーツケースに人数分用意していたんですけど、ふたり分なくなっていたんです。もちろん、ちゃんと入れたんですよ」

佳音は助手席から無理やり後ろを向いている松尾と顔を見合わせた。

「誰かの恨みを買った覚えはないですよね」

「まさか」

そうだろうか、と佳音はいかにもがさつそうな西方を思い浮かべた。ヒトミには覚えがなくとも、西方にはあるかもしれない。

「――『よいすらあ』には、ライバルはいないんですか。ライブの開催を張り合うようなｌ」

スポーツ根性マンガの発想みたいだと自分でも思うが、念のため聞いてみる。ヒトミが笑い飛ばした。

「そんな相手はいません」

「それじゃ――」

いったい何だろう。松尾が膝《ひざ》を打った。

「わかった！ 夏場ですし、これはやっぱり怨霊《おんりょう》の仕業とか」

「ちょっと！ 松尾君それ、全然わかってないから！ やっぱりじゃないし！」

幽霊とか怨霊とか非科学的なことを言うのはやめてほしい。それでなくとも、こっちは怖がりなのだ。同期の美樹はマニアと呼んでもいいくらいの怪談好きで、彼女が結婚して内務班を出る前は、夏の夜になると内務班で百物語をやると言ってきかなかった。問題の百話めが語られる頃には、佳音は怖くてベッドの上で気絶したあげく、ぐっすり眠りこんでいて続きは記憶にないのだが。

「幽霊――」

ヒトミが妙に真剣な顔をして俯《うつむ》く。長いまつげが白い頬に陰翳《いんえい》を作った。

「そう言えば、タカちゃんのおばあちゃんが先月亡くなってからかもしれない。こんなことが起き始めたのも」

「お、おばあちゃん？」

「タカちゃんのおばあちゃんは、民謡歌手だったたんです。奄美では有名な人でした」

「へえ――」

佳音が背筋を寒くしながら首を傾げた時、望月が車を停《と》めた。

「着きましたよ」

顔を上げると、分屯基地の庁舎の前まで来ていた。いつの間に門を通ったのだろう。話に熱中していて、気がつかなかったようだ。

「体育館に行って、マイクを取ってきます」

「私も一緒に行きます！」

ヒトミと望月がしばらく押し問答をしたあげく、望月が彼女に説得されて、ふたりで体育館に駆けていった。

「おふたりはここでお待ちくださいね」

望月も、イベントの担当になったばかりに気の毒なことだ。これ以上、彼を困らせるのはよそうと、言われた通りに松尾とふたりで車に残ることにした。

沖永良部島には、戦時中の昭和十九年に帝国海軍の施設隊が来て、大山の頂上に見張所と兵舎からなる大山基地を建設したそうだ。昭和二十年に、島の南西にある住吉《すみよし》という集落を米軍機が銃撃したのを見て、大山基地の機関銃で迎撃し、撃墜した。それで基地の場所が知られてしまい、米軍機や駆逐艦からの攻撃で壊滅状態にされてしまったそうだ。

戦後、奄美群島は沖縄と同様に米軍の統治下に置かれ、大山基地も米軍のレーダーサイトになった。昭和二十八年に日本に返還され、沖永良部島分屯基地となるまで、米軍基地の時代が続いたのだ。

佳音は車から降りて、深呼吸をした。丘と呼びたい平たい山であっても、緑が深々と分屯基地を取り巻いている。絵里が豆知識を披露してくれたところによれば、もとははげ山だったのを、島民が植林を繰り返して、現在のような美しい森林に変えたそうだ。戦後、空襲で家を焼かれた島民たちは、大山の木を伐《き》って新しい家を建てた。木材が豊富だったため、奄美の島々のなかでも復興が早かったという。小さい島ながら、戦後は茶葉や花卉《かき》を育てて産業を発展させたが、オイルショックで茶葉の工場が立ち行かなくなった。いま島の主要な農産物といえば、テッポウユリなどの花卉にサトウキビや葉たばこ、それにジャガイモやサトイモなどの根菜だ。

こうして森を眺めているだけでは気がつかないが、人にも土地にも歴史がある。戦後七十年の間にも、歴史は少しずつ、だが着実に動いているのだ。

「どんなに暑くても、森の中にいると涼しく感じるよねえ」

佳音が伸びをすると、助手席を降りた松尾も眩しそうに目を細めながら近づいてきた。やはり、ひょろりとしていてとびきり背が高い。そばに来られると見上げてしまう。

「こういう島の生活をどう思われますか」

ふいに松尾が尋ねたので、佳音は言葉に詰まり、しばし唸《うな》った。

「そうだなあ。沖縄もそうだけど、南の島ってけっこう好きかな。時間の流れ方がゆっくりしてるし、ひょっとすると私には東京より合うかもしれないね」

美樹や真弓クンあたりが聞いたら、笑い転げるかもしれないと気づいたが、ここは沖永良部だ。どうせ彼女たちはいやしない。

「自分も島の生活には憧れます」

「松尾君は出身どこなの」

「自分は奈良です。鹿せんべいをおやつに育ちました！」

佳音はずっこけそうになるのをこらえた。どうしてこの新人は、いちいち冗談に紛らわせなければ気がすまないのだろう。

「鳴瀬三曹と渡会三曹は青森の出身ですね」

佳音は顔をしかめた。

「あのさ。いつでも渡会と私をセットで呼ぶのは、やめてくれる？」

「あれ、気に障《さわ》りました？　すみません」

まったく悪気のなさそうな顔で、松尾はしゃあしゃあと言った。松尾にしても絵里にしても、渡会と自分をカップルではないかと疑っているようだ。

「おふたりって見ていて面白いんですよね。渡会三曹に聞いたら、沖縄勤務の希望を出しておられたっていうし。鳴瀬三曹はこれが終わったら立川に戻られるんでしょう？」

「そうだよ。また立川で頑張らないと」

何が面白いのか、いまひとつよくわからないが、佳音は頷いた。戻ればまた、練習とコンサート漬けの日常だ。

「立川と沖縄ですか。そんなに離れていて寂しくないのかなあ」

松尾がぽつりと言った。

「へ？」

思わず彼の横顔を見上げる。こうして見ると、整った横顔だ。ジャニーズに、こんな雰囲気の若手がいたかもしれない。絵里と同室の、パーカッションの雪乃《ゆきの》やキーボードの美《み》恵《え》が熱を上げるはずだ。

「東京と沖縄って、飛行機に乗ってしまえばすぐですけど。それでも一応、そうそう気軽には会えない距離ですよね」

いつもふざけているくせに、松尾の口調が妙にしんみりしていて、軽い言葉を挟みかねた。松尾自身、東京に会いたい人でもいるんだろうか。その寂しさを紛らわすために、くだらないギャグを飛ばしたり、軽い人柄を装ったりしてごまかしているのだろうか。そんなことをふと考える。

「僕、見たことありますよ。ユーレイ」

一瞬、佳音は絶句した。話が軽々と飛躍する男だ。松尾の真面目くさった表情を見て、笑い飛ばすタイミングを失った。何か言ってやろうと口を開きかけた時、望月らの声が聞こえた。振り向くと、望月とヒトミがマイクとマイクスタンドを抱えて駆け戻ってくる。

「ありました！　これなら充分使えます！」

サンダルでパタパタと音を立てて走ってきたヒトミが、安堵《あんど》した様子で白い歯を見せる。松尾も、いましがたの発言など忘れたように、笑顔で助手席のドアを開く。おかげで問いただす機会を失ってしまった。

「それじゃ、会場に戻りましょう」

慌ただしくマイクをトランクに積み、会場に引き返した。

一八〇〇《ヒトハチマルマル》演奏開始、南の島ではまだ太陽が頑張っている。

——暑い。

仮設のステージには屋根があるのだが、楽器をかまえる手にも日差しがさんさんと降りそそぐ。渡会が真っ黒に日焼けするわけだ。

川村隊長が、聴衆を相手に、曲に合わせて「テキーラ！」と叫ぶタイミングを指導している。日本人はこういう時、一回目は声が出ない。慣れていないし、照れくさい気持ちが強い。こんな時、ステージを自在に動いて聴衆を盛り上げる川村のテンションの高さはすごいと思う。まさに南空音の「フロントマン」だ。

ステージの正面に作られた客席は百名も座れば満席だろうが、後ろの空き地などにもシートを敷いて聴いてくれる人が大勢いる。蒸れるような暑さだが、聴衆はTシャツに短パンなどの恰好で、団扇《うちわ》などゆるゆると動かしているのが涼しげだ。

演奏する曲も、堅苦しい曲はひとつもない。ラテンや奄美民謡など、誰でも親しめて楽しい曲ばかりだ。佳音は演奏しながら、客席の楽しそうな笑顔を見るともなく見た。曲に合わせて身体を揺らしたり、リズムをとったり。自分自身は、夏祭りに遊びに行くことなどもう何年もない。最後に地元青森のお祭りに行ったのは何年前だろう。やっぱりあれは、高校時代だろうか。

『セプテンバー』で演奏を締めくくると、大きな拍手が起きた。これで佳音の沖縄出張も、ほぼ目的達成だ。ひとりで立川を離れての出張だったが、どうやら無事に終わることができそうだった。

――やればできるんだから！

帰れば美樹たちに威張ってやろうとほくほくしながら、楽器やパイプ椅子、譜面台を片づけていく。次の『よいすらあ』の演奏用にマイクなどをセットしなければならない。アンプやスピーカーを使ってもらうので、彼らの演奏が終わるまでは帰れないのだが。

「お疲れさまです。マイク、ありがとうございます。お借りしますね」

仮設ステージに上がってきた誰かに声をかけられ、佳音はそちらを振り向いた。

——おお。

瓜実顔《うりざねがお》にきつめのアイラインを描いて、嫣然《えんぜん》と微笑む美女がいた。金色の髪は日本髪とも違う昔風に結われ、かんざしを挿し、黄色を基調にした原色の着物をまとっている。

「え——ヒトミさん？」

彼女がにっこり笑って頷く。サングラスを外し、サイケデリックなTシャツを着物に着替えると別人のようだ。その後ろを歩いているのは、まぎれもなく源公——じゃなく、リーダーの西方らしいが、髪をなでつけて寝かせ、縞《しま》の着物に着替えると、なまじ体格が良く貫禄があるだけに風格すら漂っている。三味線を抱える手つきも様《さま》になっていた。

——なんか、信じられない。

佳音はつい、西方の頭のてっぺんから足の爪先までじっくり見つめてしまった。

「頑張ってね。私たち、横で聴いてるから」

「ありがとうございます」

激励して仮設ステージを降りた。時刻は一八五〇《ヒトハチゴウマル》に近づいており、沈みかけた太陽が、ステージや客席、それにこちらを見上げる聴衆の顔を橙《だいだい》色に染め始めている。

楽器や譜面台をトラックに積み込み、あとは『よいすらあ』の終了まで待機するだけだった。なるべく目立たない場所を探して、ステージ脇のテント下に潜り込むと渡会がいた。演奏を聴くつもりらしく、パイプ椅子に腰をおろして耳を傾けている。

「このバンド、奄美じゃけっこう有名らしい」

「そうなの？」

「ボーカルの声がいいそうだ」

歌は西方とヒトミが主に担当していると言っていた。渡会の隣に、絵里がダッシュしてきて座りこむ。人目もあるので、まさか渡会にしがみつくわけにもいかないだろうが、絵里の心の中ではしっかりと渡会の腕を抱えているのだろう。

「鳴瀬三曹、渡会三曹、お疲れさまです！」

佳音の横には、意気揚々と松尾がやってきた。彼がそばに来たので、先ほど聞こうと思って果たせなかった質問をすることにした。

「松尾君さ。さっき言ってた、ユーレイを見たことがあるって——どういうこと？」

他人に聞こえないように、ひそひそ話になる。松尾が顔を寄せて囁《ささや》いた。

「えっ――そのまんまですよ。僕ちょっと霊感あるらしくて、子どもの頃から時々『視《み》ちゃう』んですよね」

――うへえ。

こちらから聞いておいてなんだが、怖いものが大嫌いな佳音としては、引くしかない。

「たいてい、毒にも薬にもならないような、ユーレイさんが多いんですけど。たまに、明らかに恨みを残して亡くなったんだろうなって思うような人もいて、そういうのに出会うとさすがに怖いですけどね」

怖いと言いながら、松尾はあっけらかんと笑っている。

「そ、そういうの、いつでも見えるものなの。昼間とか夜とか関係なく？」

「うーん、多いのは夜ですけど。でもたまに、昼間でも窓の外に、カゲロウみたいな印象の薄い人影が浴衣《ゆかた》を着て立ってたりするんですよね。よく見ると身体の向こう側が透けてたりしてね。それではっと気がつくんです。ここ二階だった、って――」

佳音は青ざめながら両手を頬に押し当てた。怖いもの見たさというか、聞きたさでつい質問してしまったが、想像しただけでも背筋に粟《あわ》を生じる。松尾がくすりと笑いを漏《も》らした。

「――冗談ですよ。そんなに怖がらなくても」

冗談だと？　いや、騙《だま》されないぞ、と佳音は首をぶるぶる振った。松尾のやつめ、そんなことを言って油断させるつもりだ。

渡会がこちらをじろりと見た。

「仲いいんだな。お前ら」

「――はあ？」

「ありがとうございます！　そう言ってもらえると僕、なんだか嬉しいです！」

「――はああ？」

自分を挟む渡会と松尾の間に、ピアノ線のような張り詰めた空気が――漂ってない、ない。冗談じゃない。

ふいに客席から拍手が沸いて、佳音はステージに視線を送った。司会の紹介を受け、『よいすらあ』のメンバー五人が位置について、マイクの高さを調整し三味線を抱えたところだった。女性陣は華やかな原色の着物をまとい、男性ふたりは白地に青い縞の着物で揃えている。バチの音がマイクを通して響き始めた。

『いきゅんなかな　わきゃァくとぅわすゥれエて　いきゅんなァかァなァ』

朗々とした渋みのある歌声が流れだすと、佳音はマイクの前に立つ西方を見上げた。ボーカルの声がいいというから、てっきりヒトミのことだと思った。西方のことだったのか。

――やるじゃん、源公。

「あれ何て唄なのかな？」

誰にともなく呟《つぶや》くと、意外なことに渡会がすぐ反応した。

「『行きゅんな加那《かな》』って曲だよ。奄美の島唄の中でも、よく演奏される有名な唄だ」

「渡会、知ってるの？」

渡会が照れたように鼻の頭を掻《か》く。その間もずっと、あでやかな三味線の合奏と、西方の歌声は続いている。西方は三味線を奏でながら、半分目を閉じて唄の世界に沈みこんでいるようだ。深みのある声もさることながら、しっとりとした節回しが聴いていて心地よい。西方の祖母が有名な民謡歌手だったとヒトミが話していたが、歌の上手な血筋なのだろうか。

『うったちゃ　うったちゃが　行きぐるしゃ　ソラ行きぐるしゃ』

ヒトミが後を続けた。彼女も、透明感のある美しい声をしている。西方とはいいコンビだった。バンドの人気が高いのも頷ける。

「沖縄で仕事するんだから、沖縄や奄美の民謡も覚えようと思ってさ。勉強したんだ」

渡会がそんなに仕事熱心だったなんて――と絶句していると、「なんだよ」と軽くすごまれた。

「じゃあさ、歌詞の意味は?」

奄美の方言なのか、聴いていてもわからない。

「加那ってのは、愛《いと》しい人とか恋人という意味なんだ。『行ってしまうんですか愛しい人よ、私のことを忘れて行ってしまうのですか』と呼びかけるのに対して、『発《た》とう、発とうとするけど行きづらいのです』と恋人が答えているわけ。恋人どうしの別れを歌っているという説と、死に別れた恋人に歌っているという説があるんだ」

「へえええ」

佳音は本気で感心した。行かないでくれと恋人に追いすがられて、別れづらく後ろ髪を引かれている相手の唄だったのか。

「すごいよ渡会。意外と勉強家でロマンチストなんだね」

渡会が喉《のど》を詰まらせたカエルのような声を出し、真っ赤になった。その向こうでなぜか、絵里がたまりかねたように顔を隠して肩を震わせている。

客席から拍手が轟《とどろ》くのを聞いて、佳音も急いで手を叩きながら聴衆を見た。

近ごろの流行《はや》りで、華やかな色柄の浴衣を着た若い女性も多い。そんななか、客席の後ろにつつましく立っている小柄なおばあさんが、朝顔を描いた昔ながらの藍染《あいぞめ》の浴衣を着て、そっと耳を傾けているのを見ると、ああいうのもいいなと思う。音楽隊が演奏している間は見かけなかったので、『よいすらあ』のファンなのだろう。どう見ても七十歳は超えているようだ。誰か席を譲ってあげればいいのに。みんな演奏に夢中で気がつかないのだろうか。

――今どきの若いコは。

よけいなことを考えながら見回していると、浴衣やTシャツ姿で大喜びの聴衆に交じって、ひとりだけ堅苦しいスーツを着た男性がいるのに気がついた。団扇も持たず、ビジネス鞄を足元に置いているが、『よいすらあ』の舞台を見上げる態度は熱心だし、拍手には熱がこもっている。

――仕事帰りに駆けつけたファンかな。

それにしては、さりげなく周囲を見回し、客席の反応を観察しているような態度が気になった。いったい何者だろう。

『よいすらあ』は、全部で四曲演奏し、温かい拍手を浴びてステージを降りた。

「よし。撤収だ」

演奏班長の世良が、さっそく指示を出した。待機していた音楽隊の隊員らが立ち上がり、ステージに上がってマイクや、スピーカーなどを片づけ始める。佳音もアンプからケーブルを外すのを手伝おうとした時、ステージの脇で誰かの悲鳴が聞こえた。驚いてそちらを見ると、背広姿の男性がテントのパイプ椅子に倒れこむところだった。

――さっきの人だ。

こちらに背を向け、仁王立ちして拳《こぶし》を固めているのは西方だ。放っておくと、また殴りかかりそうな雰囲気だった。何があったのかと驚いていると、渡会がすばやく西方に駆け寄って腕を押さえた。何事か耳打ちし、抱えるようにどこかに連れていく。松尾がさりげなくふたりを追った。そういえば、『よいすらあ』のメンバーが着替えや移動用に借りているマイクロバスが、少し向こうの駐車場に停めてあるはずだ。西方はまだ顔が真っ赤で、怒りがおさまらないようだった。

客席から立ち上がろうとしていた聴衆も、何事かとこちらを見ている。確かにこれでは客も立ち去りにくい。佳音は腕に抱えたケーブルを投げだし、ステージから飛び降りた。背広の男性は、倒れたパイプ椅子の間から、どうにか身体を起こして立ち上がろうとしていた。眼鏡をどこかに飛ばしたらしく、両手を土について困惑したように捜している。佳音は周辺を見回し、黒い縁の眼鏡を見つけて彼に返した。なんとか、レンズも割れていない。

「――ありがとうございます」

「ここじゃ目立ちますから、あちらへ行きましょう」

まだ呆然《ぼうぜん》としている男性が、眼鏡をかけ直しながら頷いた。目立つという言葉に敏感に反応したようだ。頷いた拍子に鼻血がぽたりと落ちて、慌ててハンカチを取り出した。

おろおろと立ちすくんでいるヒトミに合図すると、怯《おび》えたようにそばに寄ってきた。

「――石橋《いしばし》さん」

「この方をご存じなんですか？」

ヒトミが混乱したように頷く。石橋と呼ばれた男は、まだショックから立ち直れないような顔で、そばに転がったビジネス鞄の土を払った。

「私たちのＣＤを出そうと言ってくれている、東京のレコード会社のプロデューサーさんです。タカちゃんたら、どうしてこんなことを――」

絵里が気をきかせて近づいてきた。

「撤収は私たちに任せてください。渡会三曹たちは、『よいすらあ』のマイクロバスに向かったようです」

「ありがとう」

ハンカチで鼻を押さえている石橋と、ヒトミを連れてひとまず漁港のステージから離れる。渡会たちがいるのなら、『よいすらあ』のマイクロバスには連れていけない。少し離れているが、役場の駐車場に佳音たちが乗ってきたマイクロバスを停めてあるので、そちらに向かうことにした。

「——怪我はありませんか」

特にどこかを痛めた様子はなかったが、念のために尋ねてみた。石橋は憮然《ぶぜん》とした表情で真っ赤になったハンカチを眺め、首を振る。

「大丈夫です」

「いったい何があったんですか」

放っておいてもいいようなものだが、西方の態度といい、気になってしかたがない。好奇心が強すぎると、安西《あんざい》夫人には叱《しか》られるのだが。

「僕にもよくわかりません。ステージ良かったですよ、と話しかけただけなのに、いきなり殴られて」

石橋は地面に視線を落としたまま答えた。佳音はヒトミと顔を見合わせた。

「石橋さんは、東京からわざわざいらしたんですか」

「『よいすらあ』が沖永良部の夏祭りで演奏するというので、聴きに来たんです。もちろん、これだけのために来たわけじゃないですけど。沖縄の民謡ライブも視察したかったので」

「ひょっとしてさっき、ヒトミさんが電話していたのは——」

いま来られてるんですか、と彼女が驚いたように尋ねていたのを思い出した。

「そうです。石橋さんです」

「心当たりはないんですか。それとも、西方さんって、突然誰かを殴ったりする人なんですか」

「まさか！」

ヒトミがびっくりしたように目を瞠《みは》る。

「タカちゃんが自分から手を出すところなんて、初めて見ましたよ。私たち、高校時代の同級生ですけど、タカちゃん、いつもはとっても朗らかで面白い人なんです」

「でも——それじゃあ、どうして？」

佳音の視線を受けた石橋が、慌てたように首を振った。

「僕は何も知りませんって！」

「石橋さんは悪くありません」

ヒトミが決然と言った。

「どんな理由があったとしても、いきなり殴りかかったタカちゃんがいけないんです。暴力で何かを解決しようなんて、絶対にしてはいけないことだわ。石橋さん、本当にごめんなさい。タカちゃんには、後で必ず謝りに行かせますから」

着物姿で両手をきちんと膝につけ、申し訳なさそうに頭を下げるヒトミを見て、この人は本当にきっちりした人だなあと感心する。やっぱり、源公とはえらい違いだ。石橋も恐縮したように手を振った。

「いやあ、気づかないうちに僕が何か気に障ることをしたのかもしれないし、ヒトミちゃんに謝ってもらう必要はないんだけど。何がいけなかったのか言ってもらわないと、僕にもわからないからね」

石橋も『よいすらあ』の面々も、港のそばにあるホテルに宿泊しているとのことだった。石橋がひとりで帰って行った後、ヒトミは自分たちのマイクロバスに戻ると言った。機材の撤収がすめば、佳音たちも分屯基地に戻り、今夜のうちに輸送ヘリで那覇基地に帰る予定だ。ヒトミをひとりで帰らせるのもしのびなくて、佳音はついでに彼女をマイクロバスまで送ることにした。

「私たち、明日のフェリーで那覇に行って、明日の夜は国際通りの店でライブなんです」

「明日もあるんだ。忙しいね」

佳音は目を丸くした。

「ヒトミさんの唄も素敵だけど、西方さんの声すごいね。人気があるの、よくわかるよ」

「そうなんです。タカちゃんは、きっと全国区で通用すると思うんですけど」

ヒトミが表情を曇らせた。

「そういう話をすると、タカちゃん決まって不機嫌になるんですよね」

「故郷で歌えれば充分ってことかな?」

「タカちゃん、奄美と島唄が大好きなんですよね。今日の演目も、全部タカちゃんの選曲なんです。いい演目だったでしょう」

渡会が歌詞の意味を教えてくれた『行きゅんな加那』という唄も、西方が選んだというのか。人は見かけによらないというが、西方も意外とロマンチストなのかもしれない。

「沖縄や奄美の歌手のなかには、都会に出ると人が多すぎるし、みんなのスピードが速すぎてついていけないから、怖くてホテルの外に出られないっていう人もいますけど」

「それわかるかも」

佳音も音大に合格して青森から東京に出てきた時には、あまりの人の多さに息苦しくなったものだ。ラッシュ時間帯の山手線《やまのて》なんて、人間の乗り物ではないと今でも思う。地方の人間が朴訥《ぼくとつ》というより、都会の喧騒が特殊なのかもしれない。そんな東京にも、大学の四年間で慣れてしまったが。

「鳴瀬三曹!　芦屋さん!」

仮設置の駐車場に、『よいすらあ』の白いマイクロバスが停めてある。その横で、こちらに手を振っているのは松尾だった。何度も飛び跳ね、「早く、早く」と言いたげに手を振りまわしている。ほっそりして手足が長いので、よく目立つ。藁《わら》で編んだカカシのようだ。初めて会った時から、どこかで見たような気がしていたが、やっとわかった。映画『オズの魔法使い』に出てくるカカシにそっくりなのだ。

「どうしたの？」

佳音は走りだした。

「西方さんがバスのなかで暴れて、天井に頭をぶつけて気絶しちゃったんです」

驚いてヒトミとともにバスに駆け寄った。『よいすらあ』の他のメンバー三人と渡会が、倒れた西方を心配そうに覗きこんでいる。後部座席を倒し、西方を寝かせて頭を冷やしてやっているらしい。

「タカちゃん！」

ヒトミがバスに飛び込んだ。他のメンバーは、衣装を脱いでジーンズやカジュアルなワンピースに着替えてしまっている。西方とヒトミだけが、舞台衣装のままだった。

「タカちゃん、大丈夫？」

ヒトミが西方の頭の上にかがみこむと、西方が小さく呻《うめ》いて濡れタオルで顔を隠した。みっともないところを見られて恥ずかしがっているのだろうか。

「頭にコブができただけで、他はどうもないから大丈夫。興奮ぎみだったから、寝かせて頭を冷やしたほうがいいと言ったんだ」

渡会がため息まじりに説明し、バスを降りてきた。くたびれた表情をしている。

「俺たちは分屯基地に戻ろう」

何があったのか聞きたかったが、渡会がむっつりしているので聞きそびれた。『よいすらあ』のメンバーに聞かせたくなかったのかもしれない。

立ち去りながら振り向くと、かいがいしく西方の世話をやくヒトミの背中が見える。西方も黙ってされるままになっているようだ。まるで奥さんみたい、と少しおかしくなって、微笑みながら視線を逸らすと、駐車場の隅にひっそりと立つ藍染の浴衣の女性が見えた。『よいすらあ』のバスを、どこか懐かしいような、心配そうな目つきで見つめている。

――あれ、さっき客席の後ろで聴いていたおばあさんじゃないかな。

藍染の朝顔柄なんて、今どきそう着ているものではない。おばあさんもこちらに気づいて、頭を下げた。ありがとうございました、と唇が動いたような気がして、気になってよく見ようと首を伸ばしたが、ちょうど樹木の陰に隠れたのか、見えなくなってしまった。

「――せつないですよねえ」

松尾も駐車場を見やりながら呟く。

「ねえ、いったい西方さんと何があったの？」

渡会が、横目でこちらを見た。

「話を聞いたんだ。彼がプロデューサーを殴った理由もわかったよ」

「どういうこと？」

渡会と松尾が、妙に通じ合っている雰囲気で視線を交わす。

「東京に出てレコーディングしたってヒトミさんが言ってましたよね。『よいすらあ』のメンバー全員でレコーディングしたんですが、プロデューサーが欲しかったのは西方さんだけだったんですよ」

「最終的には、西方さんの声だけを使ってオーケストラをバックに入れて、CDにするつもりらしい。それをプロデューサーから聞いて、怒ったんだよ」

松尾と渡会がこもごも話し始める。ずいぶん息が合っていて、佳音はちょっと呆れてふたりを見比べた。ついさっきまで渡会は松尾に厳しく当たっていたくせに、どういう心境の変化だろうか。

「他のメンバーはどう思ってるの？」

「今のところ西方さんしか知らないんだ。他の四人に話せばがっかりするだろうから、自分の口から明かすことができないんだよ」

　でも――と佳音は口ごもり、不機嫌そうな西方の表情を思い出す。全国区で通用する声だと誉《ほ》められると不機嫌になるのだとヒトミが言っていた。

「マイクが足りなかったり、衣装が消えたりするのも関係があるのかな。ライブハウスを勝手にキャンセルされたこともあるとも聞いたけど――」

「嫌がらせをしたのは、プロデューサーらしい。彼には『よいすらあ』なんて必要ないんだ。むしろ、解散してくれたほうが、後々やりやすいと思ってるんだ」

「なにそれ、ひどい！」

　佳音は呆れて叫んだ。『よいすらあ』を潰して、あとくされなく西方ひとりを引き抜こうとでもいうのだろうか。

「そんな事情だから、西方さんはＣＤを出したくないんだ。さっき、プロデューサーがこの島まで押しかけてきていると知って、故郷の島を汚《けが》された気になって殴ってしまったんだと」

　渡会の言葉に佳音は目を丸くした。黙り込んだ渡会に代わって、松尾がバスに急ぎながら口を開く。

「実は僕、学生時代に芸能プロにスカウトされたことがあるんですよ」

　いきなり突拍子もない告白をされて、佳音と渡会は思わず声を揃えて「えええっ」と叫んだ。しまった、渡会とハモってしまった。決まり悪そうに松尾が苦笑いする。

「そんなに驚かないでくださいよ。ずっと管楽器をやっていましたけど、ロックも好きで友達とバンドを組んだことがあるんです。そしたら街頭ライブをしている時に、スカウトされたんですよね」

なるほど、そう言われてあらためて見直せば、松尾はとびきり背が高いし顔立ちは端整だし、楽器はできるしと何拍子も揃っている。美樹たちも、音楽隊に男前が入隊したと大喜びしていたではないか。

――ロックも演奏するオズのカカシかあ。

「最初は僕らも有頂天になりましたけど、詳しく話を聞いてみると、芸能界っていろんな制約もあって、めんどうくさいんですよね。結局、好きな楽器を続けられるほうがいいや、と思って断ったんです。事情は少し違いますけど、西方さんの気持ちもわかるような気がします」

「西方さんの場合、CDデビューするなら奄美の島唄だけを歌っていても売れないから、演歌とポップスの中間みたいな曲をプロダクションが用意すると言われたそうだ。ヒットさせないと意味がないからって」

渡会が口をはさむ。事情が見えてきた。

「それじゃ、西方さんは島唄を歌いたいのに、デビューするとポップスみたいな曲ばかり歌う羽目になるってこと？」

「そういうこと。しかも、デビューすると東京中心の生活になって、奄美にはあまり帰ってこられない恐れもあった。西方さんは断りたかったけど、バンドのメンバーは本当の事情を知らないからCDデビューに乗り気で、言いだせなかったそうだ。おまけにプロデューサーは、三味線だけでは退屈だからオーケストラを入れて歌えって」

「でもそれ、かなりひどくない？」

島唄では売れないとか、三味線だけでは退屈だとか、一般に受けて売れる音楽だけが良い音楽だと言わんばかりだ。ポップスだけが音楽ってわけじゃない。クラシックも、ジャズも、シャンソンも、ラテンも、演歌も、民謡も、ロックも――どんな音楽であろうとも、それを愛する人がいるし、心を慰められる人がいるものなのに。

渡会がため息をつく。

「考え方の相違はいかんともしがたいな。レコード会社も商売だし」

「話を聞けば、西方さんも気の毒ですよね」

松尾が肩をすくめて首を振る。

「それじゃ、今日のステージの連絡がうまくいかなくてマイクが足りなかったのも――」

「それはプロデューサーのせいじゃないようだ。連絡したのに、実行委員の誰かが忘れているんじゃないかって言ってたな」

なあんだ、と佳音は呟いた。そのおかげで、ヒトミと親しくなることができたのだが。

「自分ひとりだけメジャーデビューだなんて、仲間のことを思えば言えないよねえ」

おそらく仲間たちは、西方が『よいすらあ』を抜けてメジャーデビューすることになっても、心から祝福したんじゃないかという気がする。気のいい人たちのようだった。それでも、本人の気がすまないのだろう。

「――それだけじゃなく、奄美を離れるのが嫌だったんじゃないでしょうか」

港の方角から、盆踊りの音楽が聞こえてくる。松尾が目を細めた。

「故郷を離れたり、誰かと離ればなれになったりするのって、辛いですよね。交通手段も昔より発達したしネットもあるけど、物理的な距離は依然としてあるわけですから」

やっぱり、松尾は故郷に恋人でも残してきたのではないだろうか。そう思いたくなるほど、しみじみとした口ぶりだった。

「だけど、仲間にも言えなかったのに、よくふたりに話してくれたね？」

話したのは、西方をバスに連れていく短い時間だったのにと不思議な気がしたが、当の渡会と松尾自身がどこか居心地悪そうに顔を見合わせ、首を傾げている。

「――俺も妙な気分なんだよな。西方さんの話を聞いてる間ずっと、何かに操られてるというか、自分の意思だけで動いているような気がしなかったんだ。――なんて言うと、また鳴瀬が怖がるだけだろうけどな」

「な、何それ――」

「まあ、西方さんも誰かに聞いてほしかったってことかな。深く考えるのはよそう。そういうことにしておこう」

なぜか渡会の顔色が青白い。

マイクロバスを停めた駐車場から、絵里が手を振っている。

「バスが出ますよ！」

沖永良部島においてきぼりは困る。佳音たちは慌てて駆けだした。


ＣＨ-47Ｊに楽器や機材、譜面台などをてきぱきと積み込んでいく。実に慣れたものだ。佳音は手を出す隙もなく、見守っているうちに終わってしまった。

演奏している間は外が明るかったのに、さすがにすっかり日が落ちている。しかし、南の島の夜はこれからが本番だ。小さな島だから、風に乗って音楽が聞こえてくる。

「後は那覇基地まで帰るだけだね」

今夜は那覇基地で一泊して、明日は立川に帰るのだ。機材の積み込みが終わり、隊員が乗りこむばかりになった。川村隊長と世良演奏班長が分屯基地に挨拶に行っているのを待つ間、佳音は輸送ヘリから少し離れて、大山から見える町の明かりを楽しんだ。しばらくは沖永良部島に来ることもないだろう。

「鳴瀬三曹が立川に帰ると、寂しくなってしまいますね」

絵里がわざわざそばに来て、微笑しながら珍しくしおらしいことを言った。

「えー、ほんとかなあ。そう言ってもらえると嬉しいけどさ」

照れて頭に手をやると、背後から誰かがざくざくと小石を踏んで近づいてきた。松尾だった。隣に来て、しっかと佳音の手を握った。目をきらきらと輝かせている。

「いっそ南空音にずっといてください！　立川に帰らなくてもいいじゃないですか」

「あら松尾君、私はそこまで言ってないけど」

「いいえ、僕が鳴瀬三曹にいてほしいんです。清水士長」

松尾と絵里がかけあい漫才を続けている。

「そもそも、渡会三曹が那覇勤務を希望するのがおかしいんです」

「あらどうしてよ。鳴瀬三曹は渡会三曹とつきあってないって、はっきり言われてるんだからね」

「つきあってなくても、渡会三曹が撃たれることを想像しただけで涙が出るんですよ、鳴瀬三曹は！　察してあげてくださいよ！」

佳音は「えっ、私？」と間の抜けた顔で自分を指差した。

「ちょっと待って。さっきから何の話をしてるのよ、君たちは！」

「だいたい松尾君は、鳴瀬三曹が好きなんでしょ。それなら渡会三曹はむしろ邪魔なはずじゃない」

絵里が腕組みして松尾を怖い顔で睨《にら》む。松尾が平然として身体を反らした。

「そりゃ好きですよ。だけど自分、渡会三曹も好きですし。それに、自分が一番気になるのは、沖縄と東京なんて遠く離れて、おふたりが今どう感じておられるのか、ってことなんです」

「どう、って――」

「『行きゅんな加那』でも言うじゃないですか。発とう、発とうと思うけど行きづらいって。私を置いていくのですかって、すがるじゃないですか。離れ離れになるのは、好きな相手なら辛いものですよね」

君らに関係ないでしょうが、と言いたくなるのをぐっとこらえる。

「変な勘違いしないでよね」

佳音はふたりの肩をぽんぽんと叩いた。まったく、好奇心の強い人たちだ。佳音自身も、他人のことをどうこう言えないのだが。

「渡会とつきあってるわけじゃないし、どこにいようとあいつに関しては何も心配してないわけ。だって、高校を卒業して何年も経って、音楽隊でばったり再会するような奴なのよ。会ったら即座にタメ口でしょ。それだけで、あっという間に何年も昔に戻った感じがするじゃない。だから、問題ないんだよね。渡会が沖縄に行こうと、三沢《みさわ》に行こうと、私たちは、きっとまたどこかで会うに決まってる。人と人とのつながりって、距離なんか関係ないの」

渡会との間に〈縁〉があるなんて、冗談にも考えたくないのだが、〈くされ縁〉と呼びたい何かが存在するのも確かだろう。

ふたりがしばし黙り込み、なぜか絵里が額《ひたい》に手を当てた。

「――そうか。そういうことなんですね」

唖然《あぜん》としていた松尾が、突然、頭のてっぺんからとろけるような笑みを浮かべた。

「な、何がそういうことって――」

その時、背後で砂利を踏む足音がした。振り向くと、顔を真っ赤にした渡会が、仏頂《ぶっちょう》面《づら》をして腕組みし、立っていた。

「――隊長が戻った。もう行くぞ」

ぶっきらぼうにそう告げて、そそくさと立ち去る。佳音はぽかんとそれを見送り、隣で腰がくだけるくらい大笑いしている絵里と、ほのぼのした笑顔の松尾を見比べた。

「いやあ――。僕たち、いいものを見せてもらいました」

「何――ど、どういうこと？」

「べつに！」

松尾が弾けるように笑った。

「そろそろ行きましょう。早く乗らないと、置いていかれますよ」

急いで輸送ヘリに戻ると、渡会がヘリに乗り込む前に、携帯電話で誰かと話していた。最初は驚く様子だったのが、だんだん渡会の口元にも微笑が浮かんでくる。相手が気になるがヘリに乗った。急いでトループシートのシートベルトを締めていると、渡会も後から追いかけてきて、隣に腰を下ろす。

「西方さんからだったよ」

渡会が言うと、絵里たちも顔を上げた。

「仲間に全部話したそうだ。今回のレコーディング話を断って、いつか自分たちの音楽を本当に気に入ってくれるプロデューサーが声をかけてくれるのを、待つことになったんだと」

「それじゃ、一件落着ってこと？」

「そうだな」

ヒトミたちはがっかりしたかもしれないが、自分たちの音楽を本当に認めてくれる人に巡り会えたほうが、満足できるに決まっている。

輸送ヘリが飛び立つと、後部貨物室は、振動とローターの激しい騒音に満たされた。

「渡会三曹が、西方さんに言ったんです。信じてやれない相手なんか、仲間じゃないって」

騒音にかき消されて、渡会に聞こえないと思ったのだろう。松尾が耳打ちする。渡会の言いそうなことだ。西方は、それを聞いて打ち明ける気になったのかもしれない。

「渡会、お手柄じゃん」

誉めたつもりだったが、騒音でかき消されたのか渡会はシートに腰を下ろして腕組みし、目を閉じたままだった。

――あ、ひょっとするとそれで。

西方たちのマイクロバスから離れる時、駐車場の隅からこちらに会釈していた年配の女性がいたことを思い出す。あれはもしかすると、『よいすらあ』の誰かの家族なのかもしれない。孫を心配して、様子を見に来ていたのではないだろうか。ありがとうございました、と言って頭を下げたように見えた。

「それで客席の後ろから見てたのかなあ」

親戚だからと遠慮がちに離れて見ているなんて、なんて奥ゆかしい人だろう。

松尾がこちらを振り向き、妙な顔をした。

「――鳴瀬三曹、何の話をしています？」

「えっ、西方さんたちのバンドが演奏している時に、客席の後ろで立ったまま聴いていたおばあさんがいたじゃない。あの人、さっき駐車場にもいたのよね。バンドの誰かの親戚で、心配して見に来たんじゃないかと思って」

松尾がまじまじとこちらを見つめた。あんまり奇妙な表情をしているので、佳音も気味が悪くなって、おそるおそる尋ねる。

「――松尾君、どうしたの？」

「――いえ。ひょっとしたら鳴瀬三曹も視えているのかなとは思ってましたが、まさか気づいてないとは思わなくて」

松尾が何を言っているのかわからない。思わせぶりなのも、時と場合による。

「ちょっと、松尾君――」

ここは先輩らしく、厳しい態度で白状させなければいけないと、佳音は背筋を伸ばした。

「僕、さっき西方さんに写真を見せてもらってわかったんですけど、あの人、西方さんのおばあさんなんです」

「えっ、そうなの？」

「はい。――ただし、もう亡くなってますけどね」

佳音はその場に凍りついた。そういえば、ヒトミが言っていたではないか。

(タカちゃんのおばあちゃんは、民謡歌手だったんです。奄美では有名な人で)

静かに頭を下げた上品な、朝顔の柄の藍染の浴衣――。

西方は実行委員会にマイクを借りたいと電話をかけた時、聞き覚えのある年配の女性の声が出て話したと言った。西方を心配したおばあさんが、佳音や渡会たちと彼らを出会わせるためにとった、方策だったとすれば。

――それじゃあ、あのおばあちゃんは、ユーレ――。

「いやあああああ！」

沖永良部の空に、佳音の絶叫が響きわたった。明日の夕方にはもう、立川だ。

恋するフォーチュンクッキー

——松尾《まつお》光《ひかる》の場合——

「失礼します！」

各個練磨室の扉をノックし、僕――松尾光は、返事がないのに焦れてさっと扉を開いた。だって、中に渡会俊彦《わたらいとしひこ》三曹がいることは、ちゃんと知っているんだからさ。

「十月のファミリーコンサートの演奏曲目、決まりましたでしょうか？」

「ん？　ああ――」

パイプ椅子に腰かけて金色のアルトサックスを抱いた渡会先輩が、魂の抜けた表情でこちらを見た。本来の彼なら、「返事を待たずにドアを開けるとは何だ！」とか、「制服の襟が曲がってる！」とか、教育的指導が入りそうなのに。

――うーん、もの足りない。

鳴瀬佳音《なるせかのん》三曹が立川《たちかわ》に帰ってから一週間になる。二週間の支援業務を終え、彼女は那覇《なは》基地を出発する定期便と呼ばれる輸送機で、立川に帰っていった。それからというもの、渡会先輩はずっとこんな感じで――まさに、ふぬけの体たらく。

自慢してると思われると困るんだけど、僕はちょっとだけ視《み》えるほうだ。子どもの頃から、他人には視えないものを視てきた。二階の窓を横切る人影とか、誰かの背後にゆらめく青白い顔をした女の人とか。視えない人は、そういうモノについて話すと怖がるのだが、僕はちっとも怖くない。彼らはそこに「在る」だけだ。ひょっとすると、憎しみや恨みを抱いてそこに「在る」のかもしれないが、それは僕にもわからない。僕の目に映る彼らは、時間を超えて投影された過去だった。昔そんな人がいて、何かの歴史があったのだ。

むしろ、僕には生きた人間のほうが恐ろしい。何を考えているかわからないし、何をされるかもわからないから。

そして、視える僕でなくたって、今なら誰にでも、渡会先輩の口から吐き出されるエクトプラズムが見えたことだろう。

「――あの、渡会三曹？」

「ん――？」

渡会先輩が、真っ黒に日焼けした顔でぼうっと口を開けて窓の外を見ている。眩《まぶ》しい沖縄の、基地の芝生が向こうまでずっと続き、きらきらと緑色に輝いている。

覇気がない、どころではない。心ここにあらず。目はいちおう開いているが、たぶん何も見えていない。会話もまったく嚙《か》み合わない。この一週間、渡会先輩の口から「ん」と「ああ」以外の言葉を聞いた記憶がない。

「渡会三曹！　なんだ、練磨室にいらっしゃったんですね！　さっき、ノックしてもお返事がなかったので、いらっしゃらないのかと思っちゃいましたよ、もう〜」

トランペットの清水絵里《しみずえり》空士長が、僕の背中越しに伸び上がり、室内を覗《のぞ》きこんでしなをつくる。

「来月の当直の予定表、お持ちしました」

「んん――」

――こりゃだめだ。

完璧に呆《ぼ》けている渡会先輩を残し、清水さんを連れて外に出た。おそらく、あのまま一日中、惚《ほう》けているのだろう。

「ちょっともう、信じられない！　鳴瀬先輩が立川に戻ってから、一週間になるのに――いまだにあんな感じなの？」

清水さんが、そこらのアイドルがひれ伏して仰ぎそうなほど可愛い顔で、つやつやしたピンク色の爪の先を嚙んだ。トランペッターの彼女は、爪を短く切っている。小さな桜貝みたいな爪だ。切れ長の目をキッと吊り上げると、愛らしいなかにも凜々しい印象になる。

「しばらくあんな感じでしょうねぇ。自分は、鳴瀬三曹がここに来る前の渡会三曹を知らないんですけど、もとからああいう人ではなかったんですよね？」

「まさか、全然違うって」

清水さんは、ぶんぶんと首を振った。ポニーテールにした栗色の髪が、左右に揺れる。

「こっちに来てからずっと、火の玉みたいだったの。毎日、時間さえあれば短パンにシャツで外に飛び出して走り込んでたし。だから、あんなに日焼けして真っ黒でしょ。練習熱心だし、コンサートでは子ども受けがいいし、ほんとにかっこよかったんだから」

それが今では、仕事がなければ日がな一日、各個練磨室に閉じこもって相棒のサックスを抱え、抜け殻のようにぼんやりと遠いところを見ているのだから、人間って変わるものだ。

あれから一度だって、渡会先輩が走るところを見たことがない。

僕は、ふーんと気のない返事をした。清水さんは、南西航空音楽隊の隊員なら知らぬもののない渡会フリークだ。はっきり言えば、渡会先輩が大好きだ。彼が元気だったころは、金魚のフンのようにずっと後ろにくっついていたそうだ。どうやら、渡会先輩自身は、そのことにまったく気がついていなかったようなのだが。

――おかしな人たちだなあ。

清水さんが好きな渡会先輩は、好かれていることに全然気づいてない。その渡会先輩が大好きな鳴瀬先輩は、これまた好かれていることに気づいてない。

そして、鳴瀬先輩を好きなのは、渡会先輩だけではないのだが――。

「あんな渡会さん、見ちゃいられないわね」

清水さんが眦《まなじり》を吊り上げた。

「なんとか、もとの元気な渡会さんに戻さなくっちゃ」

「ええっ。戻すといっても、いったいどうやって――」

僕の家は今どき珍しい五人きょうだいで、姉が三人に妹がひとりいる。苦しい恋を重ねた(と自分たちで語りあっていた)彼女らが言うには、失恋を癒やす薬はひとつしかないらしい。いわゆる〈日にち薬〉というやつだ。

(――耐えて、待つしかないのよ)

一番上の姉は、よく言ったものだ。

(時間が経つと、どれだけ苦しい思い出でも、記憶のなかで甘酸っぱく美化されていくものなの。みんなそうやって、辛い記憶と折り合いをつけて生きていくのよ。だから、時間が経つのを待つしかないの)

とはいえ、今の清水さんにそんな言葉を聞かせても、むしろ恨まれるだけだろう。だいいち、渡会先輩は失恋したわけでもないのだ。いや、失恋以前の問題だから、もっと悪いかもしれないけど。

「渡会さんの好きな音楽を聴かせるとか」

「何が好きなのか、いまひとつよくわからない人ですよねえ」

「好きな食べ物を食べてもらうとか」

「そういえば、鳴瀬三曹がいた時にみんなでバーベキューに行きましたね。あれすごく楽しかったなあ」

「ビーチで泳ぐとか」

「いま泳いだりしたら、渡会三曹が溺れちゃいますよ」

清水さんが僕を冷たく睨《にら》んだ。

「ちょっと松尾君！　あなた協力する気あるの？　だいたい、あなただって鳴瀬三曹を狙ってたんじゃなかったの」

「狙うなんて言い方はやめてくださいよ、そんなんじゃないんですから。人聞きの悪いったら」

だいたい、立川に戻る鳴瀬先輩に、渡会先輩がどこに行こうと「私たちは、きっとまたどこかで会うに決まってる」なんて言われてしまったら、ノックアウトされて引き下がるしかないじゃないか。絆なんて言葉を軽々しく使うのは好きではないのだけど、高校生のころからじっくり培った仲というのは、そうそう壊れないものなんだとあらためて教えられた気分だ。あのふたりの場合、それがじっくり漬け込んだ糠漬けの域に達していて、ある意味、まるで夫婦のような自然な一体感だった。自然すぎて恋愛感情が盛り上がりにくいのかもしれないが。

僕が鳴瀬先輩に惹《ひ》かれたのは、しごく単純な理由だった。入隊してすぐの新隊員教育で、慣れない集団生活に緊張し、自分はこのまま立派に勤務できるのかと不安でいっぱいになっていたころ、立川で彼女を見かけたのだ。

こういうと彼女は怒るに違いないが、周囲がみんな偉く見えて自信を失っていたころ、彼女のような存在は福音だった。

初めて見た時、鳴瀬先輩は隊舎の二階の窓から落ちそうになって、大騒ぎしていた。なんでも、窓掃除の最中にすぐそばを蝶が通り過ぎ、見とれた瞬間に足を滑らせたのだとか。近くにいた隊員たちが大急ぎで引っ張り上げなければ、地面に落ちていたかもしれない。

失礼ながら、誰もが振り向く美人というわけではない。美しさという点で言えば、写真でしか見たことはないが、僕らが入隊する前に産休に入った安西《あんざい》夫人の足元にも及ばない。鳴瀬先輩は、どちらかというと普通に可愛いタイプだ。それに、元気がいい。

噂によると、鳴瀬先輩はそれまでにも、掃除をしていて窓ガラスを割ったり、食中毒を起こして救急車で運ばれたり、自転車に轢《ひ》かれて骨折したりと、いろいろ〈事件〉に遭遇してしまう問題児だったそうだ。僕に言わせればそれは、自覚がないだけで、鳴瀬先輩も〈視える〉人だからじゃないかってことなんだけど——沖永良部ではまちがいなく視えていたらしいので、僕の勘違いではないと思う。

トラブルを呼ぶと言われるのも、伊達《だて》や酔狂ではない。

よく言えば、天然。見方によっては、ただの粗忽《そこつ》な人かもしれないが、とにかく彼女の存在は、立川分屯《ぶんとん》基地の新隊員教育で、自分のアイデンティティを根底から見直すくらいの衝撃を受けていた僕にとって、一服の清涼剤だった。

この人にでも勤まるのなら、僕にだってなんとかなるかもしれない——と初めて思えたのだった。まあ、こんなことを鳴瀬さんに言ったら、しばらく口をきいてくれなくなるだろうけど。

それからはもう、毎日のように鳴瀬先輩の姿を目で追った。新入隊員は訓練用の部屋が別に設けられているし、鳴瀬先輩の楽器はサックス、僕はファゴットなので、一緒に練習する機会もない。ロミオとジュリエットになったつもりで、窓や扉の隙間《すきま》からちらりと覗く先輩の姿を見つけて、うっとりしたものだ。

いきなり、渡会先輩の各個練磨室の扉が開いた。なんだかげっそりとやつれた渡会先輩が、紙を一枚突き出して立っていた。

「どうしたんですか、渡会三曹――あっ、ファミリーコンサートで演奏する曲の案ですか」

部屋にこもり、ノートに曲目を書きつけていたらしい。焦点の合わないうつろな眼差しで、真っ黒な幽鬼のように立ちつくしている渡会先輩を尻目に、僕らは曲目をひとつずつ読み上げた。

「ポール・モーリア・グランド・オーケストラの『恋はみずいろ』。これいいですよね、切なくって愛らしくって、僕も大好きです。フランキー・ヴァリの『君の瞳に恋してる』。これ、吹奏楽にぴったりなんですよね。次は、あっ、これこれ。バレエ音楽『恋は魔術師』から『火祭りの踊り』。いいなあ、華やかだなあ。それから、ザ・ピーナッツの『恋のバカンス』。おおっと、ついに出ましたか、AKB48の『恋するフォーチュンクッキー』。これはわかりやすいし、みんな知ってるし、いい選曲ですね――って、ちょっと待ってくださいよ、渡会三曹！　これじゃ恋の曲ばっかりじゃないですか！」

まったくもう、こんなにわかりやすい人だとは思わなかった。だいたい彼は、『恋するフォーチュンクッキー』の歌詞を知ってるのだろうか。恋する相手に気づいてもらえない女の子が、勇気を出して告白しようっていう歌だぞ。

――本気《マジ》かよ。

渡会先輩は、魂を三メートル後ろに置き忘れてきたような顔で、足を引きずってどこかに移動しはじめた。

「ちょ、渡会三曹、どちらへ？」

清水さんが慌てて尋ねる。渡会先輩が顎《あご》を上げ、左右を見回した。

「――立川ってどっちだったかな」

目を丸くした僕らが、おずおずと東の方角を指差すと、渡会先輩は身体の底から絞り出すようなため息をひとつつき、ふらふらと東に歩きだした。

「渡会三曹、どちらに行かれるんですか！」

「――トイレ」

渡会先輩のやつれた後ろ姿を、僕らはハラハラしながら見送った。とりあえず「ん」と「ああ」以外の言葉も喋ったけど、見ているだけで心臓に悪い。

「これじゃ、僕らの身がもちませんよ！」

僕は握り拳《こぶし》をつくって叫んだ。

「渡会三曹ったら、ひどい。鳴瀬三曹は、立川に帰っただけじゃない。べつに死んだわけでもないし、その気になったら立川に飛んでいって会うことだって、できるわけでしょ。なのに、あんなに落ち込むなんて――私が近くにいて、こんなに心配してるのに」

清水さんがすべすべの頬をふくらませて、むくれている。彼女には気の毒だが、僕は先日の鳴瀬先輩の言葉を聞いて、渡会先輩を応援する気になっていた。

「――しかたがないですよ、清水さん。ここはひとつ、渡会先輩が鳴瀬先輩に一日も早く会えるよう、僕らが画策するしかないでしょう」

なにしろ、このままでは業務が滞りそうだ。清水さんが、こちらをキッと睨んだ。

「いやよ、そんなの！　どうして私がそんな、敵に塩を送るような真似をしなきゃならないわけ？　松尾君は鳴瀬三曹にいい顔をしたいのかもしれないけど、私は絶対にいやだからね！　偽善者ぶったいい子ちゃんになるより、とことん渡会三曹の恋路を邪魔してやる！　私になびかないくせに、鳴瀬三曹とうまくいったりしたら、許せないんだから！」

僕は吹き出しそうになった。

――けっこう面白いよな、この人。

ぷりぷり怒りながらも自分の欲望に忠実な清水さんに、僕は見とれた。鳴瀬先輩とはまた違ったユニークさだ。

「人間、正直が一番ですもんね。でもね清水さん、元気はつらつとして走りまわってる渡会先輩を見てるのと、あんなふうに翼をもがれた先輩を見てるのと、どちらがいいかというと――」

「な、なんていう意地悪な究極の選択を――」

清水さんが唇を震わせ、怒りに満ちた目で僕を見上げる。

「あんた性格悪いわよ――！」

「それは生まれつきですから」

僕は清水さんの肩に手を置いた。

「ここはひとつ、あのふたりのために、ひと肌脱ぎません？　どのみち、渡会三曹は異動になったばかりですからね。あと二年くらいはここにいるんじゃないですか。敵に多少の塩を送ったところで、どのみち渡会三曹はここに戻ってくるんですから――」

「それもそうね。渡会三曹を元気にして、感謝してもらって、それからゆっくり私になびくようにすればいいだけの話よね」

清水さんがきらりと目を輝かせる。

「わかった。私も協力する」

僕らはお互いに顔を見合わせ、ふふふと笑った。

ラ・フィエスタ

着物姿のミス航空祭たちが、エスコート役の自衛隊員に支えられながら、カーキ色のジープに乗り込んでいく。

振袖を着て髪をアップにし、「ミス航空祭」のタスキを掛けて、白い手袋をはめた彼女らは、パレードの主役だ。手すりのあるジープの後部席に立ち、カメラの列に温かい笑顔を向ける役どころだった。

「時間です。行きますよ」

新婚早々の諸鹿佑樹《もろがゆうき》三等空尉が涼やかに合図し、くるりとこちらに背を向けた。しばし呼吸を整え、端然と指揮杖《しきじょう》を振る。

演奏する曲は、航空自衛隊行進曲『空の精鋭』だ。鳴瀬佳音《なるせかのん》三等空曹は楽器を抱え、行進を開始した。

今日は十一月三日。埼玉県狭山《さやま》市にある航空自衛隊入間《いるま》基地の航空祭が開催されるのだが、一日中こんな、ぼんやりした薄曇りのようだ。各種戦闘機や輸送機、ブルーインパルスの飛行展示など、航空ショーの写真撮影を楽しみにしている人たちは、ちょっぴり残念だろう。雨は降らないようなので、まだよしとせねばならないのだが。

航空中央音楽隊のエンブレムフラッグを間に提げた女性隊員が二名、先頭を行く。少し離れて指揮の諸鹿三尉が続き、その後を粛々と音楽隊が追う。音楽隊の後ろから、ミス航空祭を乗せたジープが何台も、ずらりと並んでパレードするのだ。三十分程度のパレードの間、ミス航空祭らは笑顔をふりまきながら、手を振っている。

入間基地の航空祭には、例年、航空中央音楽隊も参加していた。全員ではないが、佳音もこれまでに四、五回は来ただろうか。慣れているはずなのだが、ミス航空祭のパレードは観客と自分たちの距離が意外に近いので、なんとなくドキドキする。同期の吉川美樹《よしかわみき》三等空曹らに言わせると、それは佳音が「ノミの心臓だから」ということになるのだが。

とはいえ、屋外でマーチングするのは、仕事であっても気分のいいものだ。

――まあ、もう少し青空が見えていたら、もっと気持ち良かったんだけど。

緊急車輛のサイレンが聞こえた。すぐ近くまで来ているようだ。そちらに視線をやることはしなかったが、会場で病人か怪我人が出たのかもしれない。基地の中には専用の緊急車輛がある。医務室もあって、医官が待機している。大事にいたることはないだろう。

――佳音が沖縄の南西航空音楽隊支援活動から戻って、三か月近く経った。那覇《なは》基地で見た、真っ青な空と海の色が、まだ目に焼き付いている。

あれだけ天気が良く日差しが強いと、制服を着て正帽をかぶっていても日焼けが心配だった。おまけにたまらなく暑い。そう思えば、このくらいの曇天《どんてん》がちょうどいいのだが――。

眠っていても完璧に吹けるくらい、何百回、何千回と演奏した『空の精鋭』だ。正確な歩幅で周囲と足並みを揃《そろ》えて歩きながら、佳音はぼんやりと意識を沖縄の空に飛ばしていた。あの焦げつくような太陽が、今も懐かしい。懐かしいといえば、那覇基地で出会った南西航空音楽隊の面々もだった。初対面の時から、女性としての敵対意識を隠して近づいてきた清水絵里《しみずえり》空士長。新人のくせに、いきなり告白モードに入った松尾光《まつおひかる》二等空士。それから、異動して三か月ぶりに会ったら、真っ黒に日焼けしていた渡会俊彦《わたらいとしひこ》三等空曹――。

どこに行っても〈事件〉に遭遇してしまうのは、ご愛嬌《あいきょう》だった。自分のせいではない、といつも力説する羽目になるのだが。もうしばらく那覇基地にいたいと感じたのは、渡会のいう「この世の天国」に近い沖縄の透明な海と、からりとした風のせいだろうか。それとも、内気なのに人懐こい沖縄の人柄のせいだろうか。

——んっ？

隣でテナーサックスを抱えている吉川美樹が、珍しくテンポを乱しかけたような気がして、佳音は我に返った。美樹は、危ないところでさりげなく踏みとどまり、バランスを取り戻している。

——美樹でもこの曲を間違えることがあるなんてね。

何かにつまずきでもしたのだろうか。後でからかってやろうと思い、観客から見えないように、ほくそ笑んだ。その時だ。

——えっ！

仰天《ぎょうてん》のあまり、危うくマウスピースを口から離して、声を上げそうになった。

いま、誰かがお尻に触った。

——ち、痴漢？　嘘でしょ！

まさか、と思う間もなく第二波が来た。誰かが制服のスカートの、お尻のあたりをずっと引っ張っている。信じられないが現実だ。大観衆の注目を浴びつつ痴漢を働こうだなんて、誰だか知らないが、いい度胸ではないか。しかも相手は、音楽隊といえども自衛隊員のひとりなのだ。度胸がいいというより、無謀としか言いようがない。

——どこのどいつだ！

演奏しながら、横目でちらりと背後を窺《うかが》おうとした時、大勢の観客の中から女性たちの黄色い声が聞こえてきた。

「いや、カワイイ――――！」

「こっち向いて」

佳音は首を傾げた。何がそんなに可愛いのだろう。振袖姿のミス航空祭たちは、晴れ晴れとした表情で美しかったが、男性ならともかく女性に大騒ぎされるはずはない。それに、なんとなく彼女らの声は、自分のすぐ後ろにいる人物に向かって投げられているようだ。

突然、すぐ後ろで誰かがきゃっきゃっと笑った。甲高い子どもの声だった。

――いったい何が起きているのだろう。

佳音はそろそろと顔を斜めに向け、自分の左後ろにいる誰かを探した。目の高さには誰もいない。腰の下まで視線を下げると、そこにいた。よちよち歩きの男の子が、精一杯に手を上げて佳音のスカートにつかまり、にこにこしながら観客に手を振って愛嬌をふりまいている。黄色いTシャツと黄色の半ズボンが、目の隅に飛び込んできた。

「げっ」

びっくりして、リードを噛《か》んでしまった。甲高い雑音が出たが、一瞬だったので気づかれなかったことを祈ろう。それより、何なんだろう、この子どもは。

「いいから佳音、そのまま気にせず歩き続けなさい」

美樹が演奏の隙《すき》を見て、隣からひそひそ囁《ささや》いた。

「大丈夫、すぐに親が連れ戻しにくるから。親が来たら、少し横に出て子どもを返してあげればいいよ」

「り、了解」

それはそうだろう。そうだと思いたい。それに、マーチングしている自分たちの歩幅はかなり広い。よちよち歩きの子どもについてこられるスピードではない。

そう考えた瞬間、上着とスカートをぐいと引き下げられる感覚に、佳音は「うぐ」と喉《のど》を鳴らした。今度はいったい何なのだ。見ると、子どもが佳音の制服に、ターザンよろしくしっかとつかまってぶら下がっている。しかも、その状態をキープしながら、照れた笑みを観客に向けているらしく、様子はこちらから見えないながらも、「カワイイ！」という歓声は高まるばかりだ。

――こ、これってまずいんじゃないの！

親はどうしたんだろう、親は。さっさと引き取りに来てほしい。佳音の制服を何と勘違いしたのやら、子どもターザンはこの姿のままで、パレードを最後まで堪能するつもりのようだ。自衛隊の制服は、生地から縫製まで頑丈なので、まさか子どもの体重で破れることはないだろうが、それにしても恥ずかしい。それに、重い。楽器だけでも重いのに、そのうえ米袋ひとつ抱えてマーチングするようなものだ。隊列から離れて、子どもの親を捜したほうがいいだろうか。

佳音は観客に視線を走らせた。子どもを捜している様子の人がいないかどうか——。しかし、それらしい姿はない。みんな、嬉しそうに拍手し、カメラを向けている。

見ればふたつか三つくらいの幼児だ。ひとりでこんなところに放置していいわけがない。佳音もいろんな演奏会を経験しているが、背中にウエイトをぶら下げてアルトサックスを吹いたのは、生まれて初めてだ。ずるずると引きずるように歩きながら、必死で演奏した。終わりが待ち遠しい。

——まさか、この子——。

パレードの終端が見えてきた。その頃になってようやく、佳音にも事情が理解できた。

——迷子なのか。

なんということだ。パレード中の音楽隊に迷い込んできて、佳音の制服にしがみついているこの子は、迷子だ！

パレードが終わり、佳音たちが諸鹿三尉の合図で整列しても、子どもを捜して半狂乱になっている両親が、こちらに駆けて来る気配はない。最後まで佳音にくっついていた子どもに、観客は面白がって拍手喝采だ。心なしか、カメラのレンズも、ミス航空祭のパレードよりも、佳音あたりに向けられることが多かったような気がする。

「ど、どうしよう――」

パレードを終えて控室に戻る前に、佳音は情けない声を上げた。子どもがしっかり制服を摑《つか》んだまま、離れてくれない。

「ちょっとボク、手を放しなさい」

美樹が子どもの横にしゃがみ、にこやかな笑みを浮かべてドスのきいた声で言った。

「お父さんとお母さんはどこ？　ボクの名前は何ていうのかな？」

美樹の迫力ある声に恐れ入ったわけでもないだろうが、子どもがようやく手を放したので、佳音はやっと身体《からだ》が軽くなった。やれやれ、幼い子どもといえども、丸ごと体重をかけられると侮《あなど》れない。

佳音も、楽器を抱えて子どもの前にしゃがんだ。可愛らしい顔立ちの男の子だ。ほっぺたが興奮したように真っ赤で、丸い目がキラキラと輝いている。確認したが、迷子札など身元を明らかにするものはなさそうだった。これだけ人出の多い場所に連れてくるのに、保護者もどうかしている。

「ボク、名前はなんていうのかな？　今日は誰と一緒に来たの？」

できるだけ優しい声音で尋ねてみる。このくらいの年齢の子どもに、こちらの言葉はどこまで理解できるのだろう。——しまった。周囲に小さな子どもがいないので、幼児との会話のスキルなんて、まったく持ちあわせていない。とりあえず幼児語なのだろうか。

「ボクのママは、どこでちゅか——？」

隣で美樹が頭を抱え、「あんた馬鹿」という顔をした。そう言われても、どうしようもない。ふっくらした頬《ほお》を緩め、子どもが笑みくずれた。何か言おうとしているようだ。佳音は子どもの唇の動きを、注視した。

「ママ——！」

——い、今なんつった？

佳音は、自分の目の前に突き出された小さくてすばしこそうな指を見て、気絶しそうになった。

白地に赤いラインと日の丸を描いた、スマートな機体が滑走路から飛んでいく。〇九《マルキユウ》三五《サンゴ》から予定されていた、飛行点検機YS-11FCとU-125の飛行展示が、いよいよ始まったようだ。

入間基地の航空祭は、例年十一月三日、晴れることの多い特異日でもある、文化の日に開催される。西武《せいぶ》鉄道池袋《いけぶくろ》線の稲荷山公園《いなりやまこうえん》駅から徒歩ですぐという、首都圏からのアクセスの良さが幸いし、二〇〇六年以降は東日本大震災のあった二〇一一年を除き、毎年来場者が二十万人を超えていた。今年は三十万人を超えそうだと予想されている。

基地の面積は充分に広いが、三十万人の来場者を受け入れる駐機場《エプロン》や格納庫のエリアは、地面に座り込んでピクニック風に弁当や売店の軽食を広げたり、巨大な望遠レンズつきのカメラを三脚に載せたりしている人々で、さすがに足の踏み場もない。混雑に紛れ込んでしまうと、目的地に向かうのもままならないありさまだった。

まさに、お祭り《フィエスタ》——。

お祭り好きの佳音としては、もしこれが仕事でなければ、売店のホットドッグや焼きそば、串に刺して焼いたシシカバブなどをたらふく頰《ほお》ばりたいところなのだが——そういうわけにもいかない。

入間基地の近くには、佳音お気に入りのインド料理店もある。時間があれば、仕事の後でゆっくりカレーとナンにタンドリーチキンのセットでも味わいたいところだが、航空祭が終わればみんなでバスに乗って、立川分屯《たちかわぶんとん》基地までまっすぐ帰る予定だった。

航空祭は、その名前のとおり、戦闘機や輸送機、ヘリコプターなどの航空機による飛行展示や、航空自衛隊の曲技飛行チーム、ブルーインパルスのアクロバット飛行、ペトリオットミサイルやレーダー車などミサイル防衛に使われるユニットや、陸海空自衛隊が保有する各種航空機、車輌、機材の地上展示などが行われるイベントだ。加えて軽食やグッズを販売する売店のテントが、決められた場所にずらりと並ぶ。

佳音は高校生まで八戸《はちのへ》で育ったので、三沢《みさわ》基地の航空祭には家族で行ったことがある。最初は、ミリタリーおたくというのか、軍事的なものに関心のある人ばかりが行くのかと思っていたが、行ってみると、ごく一般的な親子連れが、ピクニック気分で空を見上げているお祭りだった。もちろん、空を飛んでいるのが民間機ではなく、自衛隊の航空機だという違いはあるのだが。

「それじゃ鳴瀬先輩は、本当にこの子を知らないんですか」

ひとまず人目を避けて、格納庫の陰に入る。真弓《まゆみ》クンこと長澤《ながさわ》真弓一等空士が、まくれ上がった子どもの黄色いTシャツを、きちんと引き下げてやっている。子どもは目をきらきら輝かせて、されるままになっていた。金色や銀色の管楽器が珍しいのか、しきりに手を伸ばして触ろうとするので、慌てて遠ざける。

「だからァ、さっき初めて会ったばかりの、赤の他人ですって！」

「何ムキになってんのよ、佳音」

美樹が呆《あき》れている。

「だって本当なんだもん！」

「でも鳴瀬先輩の制服にしがみついて離れなかったんっスよね。しかも、先輩のことをママって呼んだんですよね」

「ママ――！」

人の気も知らず、子どもが真弓クンの声に調子を合わせるかのように叫び、やっぱり右手の人差し指をこちらに向けた。この子、わざとやってるんじゃないだろうか。真弓クンが、やっと合点したように、右の拳《こぶし》で左の手のひらをぽんと叩《たた》いた。

「なるほどね、それなら答えはひとつしかないっス」

「何を言いたいのかな、真弓クン」

「鳴瀬先輩、いつの間にお子さんを作ったんですか？」

「『作った』言うな！」

さすがに頭にきて、真弓クンの額《ひたい》をパチンと指ではじくと、彼女は「あいた」と呟《つぶや》いて額をさすり、ニヤニヤ笑った。

「やですね、冗談っスよ。れっきとした迷子ですね。さっさと本部の迷子預かり所に届けて、私たちは楽になりましょう。昼になったら、演奏会が始まります」

「――まあ、それが正解ね」

美樹もうんうんと頷《うなず》いて後を続けた。

「親は飛行展示に見とれていて、子どもがパレードに紛れ込んだのに気づかなかったのかも。今ごろ、青くなってるかもしれない。早く迷子預かり所に連れて行ったほうがいいね」

なにしろ三十万人もの人出があり、少なからぬ家族が小さい子どもを連れてくるので、迷子が出るのは避けられない。毎年、数名は迷子のアナウンスが会場に流れる。

「ひょっとすると、この子のお母さんは鳴瀬先輩に似てるのかもしれませんね。でも、なんというか、この子の顔を見ていると、誰かに似ている気がしません――？」

真弓クンが、子どもを抱え上げてしきりに首をひねっている。佳音も子どもを見た瞬間、妙な既視感を覚えたことは確かだ。よくよく考えて何度も見直し、この子とは初対面だと確認したのだが。

「――ねえ、美樹先輩。この子、よく見ると、とってもきれいな顔立ちをしていますよね。たしかわが音楽隊に、超美形カップルが生まれませんでしたっけ――」

しげしげと眺めたあげく子どもを降ろし、真面目《まじめ》な声で真弓クンが言った。誰のことを言っているのか、佳音もすぐわかった。美樹がちょっと青ざめて首を振る。

「――ない。いくらなんでも、それはない。真弓クン、あの人たちの子どもは、やっと一歳になったばかりだから。この子はどう見ても、二歳以上にはなってるから」

「わかりませんよ、なにしろあの先輩ときたら、美しい顔に似合わず人外魔境ですからね。生まれたばかりの赤ちゃんを、あっという間に二歳くらいまで成長させちゃうくらいのこと、やってしまうかも！」

ふたりが顔を寄せてひそひそと話しだす。よせばいいのに、と佳音は唇を「へ」の字に曲げた。

「ああら、何のお話かしら」

突然、降ってわいたような高飛車な女性の声に、美樹たちは飛び上がった。

「わああ、安西《あんざい》夫人——！」

話題の主が立っている。

日焼け防止か、長袖のパーカーにつばの広い帽子をかぶり、ジーンズを穿《は》いて——その手に玉のような赤ん坊を抱いた、安西夫人こと狩野庸子《かのうようこ》三等空曹だ。昨年、戦場カメラマンのカルロスこと狩野伸一郎《しんいちろう》と「できちゃった婚」をしたあげく、ただいま育児休暇中だった。その後は時間の自由がきく夫に育児を任せ、仕事に復帰するつもりだと聞いている。

——ひげもじゃのカルロスが赤ちゃんをあやしてるところって、あんまり想像できないけど。

安西夫人が、嫣然《えんぜん》と笑った。大きなサングラスをかけて、女優のように貫禄たっぷりだ。あっという間に妊娠前のスリムな体型を取り戻したようだった。「お蝶《ちょう》夫人」にちなんで「安西夫人」と呼ばれていたほどの、輝く美貌も変わらない。パラソルを持つように、ベビーカーを片手に引っ掛けているのはご愛嬌だ。長い栗色の髪を丁寧な巻き髪にして、気合い入ってるなあと佳音は唸《うな》った。

「入間基地はうちから近いから、みんなに子どもを見せに来たのよ」

たしかに、今日は元隊員などの関係者もたくさんやってくるようだ。

「わっ、可愛い！」

美樹と真弓クンが、飛びつくように赤ちゃんの顔を覗《のぞ》き込んだ。佳音は、しきりに楽器に触りたがる子どもを取り押さえていて、すっかり出遅れた。

「名前、なんていうんですか？」

美樹が尋ねている。

「ひろこ。狩野ひろこよ」

そういえば、女の子だと言っていた。カルロスも男前だし、成長したら安西夫人に似た妖艶《ようえん》な美人になるのだろうか。

「生後十三か月らしい赤ん坊で、ご期待に添えなくて悪かったけどね」

安西夫人の辛辣《しんらつ》な言葉に、美樹たちが彫像のように凍りつく。――聞こえていたか。まあまあ、と割って入りながら、佳音は迷子の男の子を抱き上げて、安西夫人の赤ん坊を覗いた。水色のおくるみに包まれて、じっと目を閉じている。時々、小さな唇をきゅっとすぼめて何かを吸うようなしぐさをした。お乳を飲む夢でも見ているのだろうか。

「うーん、愛らしい。天使のようって、こういう子どもを言うんですね」

「あなた、子どもをあやす手つきが、妙にさまになってるわね、鳴瀬さん。新人の頃は、私たちに子ども扱いされていたくせに」

「冗談きついですよ、夫人」

佳音は安西夫人の言葉に苦笑いした。まったく、誉《ほ》められているのかなんだかわからない。

「やだなあ、旦那さまとの間に嫌なことでもあったんですか」

「何を言ってるのかしら。久しぶりに会ったせいで、私の毒舌ぶりを忘れたのね」

安西夫人が、つんと顎《あご》を持ち上げる。これはますます、カルロスとの間に何かあったのに違いない。

「この子、迷子なんですよ」

「そう！　そうなんです。早いところ、本部に連れて行ってアナウンスしてもらわなくちや」

　美樹たちが子どもに手を伸ばし、この場から逃げ出そうとした。産休に入る直前まで、航空中央音楽隊で第一フルートを担当していた安西夫人は、女性隊員の最年長者でもあり、優しくも厳しい言動で知られている。佳音は内務班で同室だったこともあって、多少のことでは動じないが、美樹たちはいまだに恐れているようだ。

「ダメ、ママあ」

　子どもにぎゅっと抱きつかれ、乳くさい甘ったるい匂いが顔面いっぱいに広がって、佳音は驚いた。美樹たちを嫌がって、こちらにしがみついてきたのだ。

「あらあら、懐《なつ》かれたわね」

　安西夫人が面白そうに言った。

「それなら、鳴瀬さんが本部に連れて行けばいいのよ。私も一緒に行くわ」

「えっ、夫人にそんなお手数をおかけするなんて、申し訳なくて。そんな、本当にいいんですか？　わあ、すみません、ありがとうございます！」

　――君たち、いくらなんでもそれは露骨すぎるだろう。

　佳音は笑いをこらえて、美樹と真弓クンを見た。両手をすり合わせて目を輝かせ、安西夫人を見送っている。

「佳音、もうあまり時間がないからね。一二〇〇《ヒトフタマルマル》から演奏会だから、お弁当を食べる時間もいるし、子どもを引き渡したらさっさと控室に戻らないと、間に合わないよ」

美樹が小声で指示する。わざわざそんなことを言ったのは、安西夫人が話したいことがありそうだと、察しをつけたからに違いない。ふだんはどんなに馬鹿で大食らいでも、彼女は他人の気持ちに敏感だ。

「わかった。なんなら、一食抜いてもいいし」

「冗談。ひとりだけダイエットしようたって、抜け駆けは許しません」

にやりと美樹が笑う。

行ってらっしゃいと手を振る彼女らに見送られ、迷子の手を引いて夫人と並んで歩きだした。

「赤ちゃん、ずっと抱いてると重いでしょう」

「平気よ」

混雑しているので、ベビーカーを広げると邪魔になる。安西夫人がずっと腕に子どもを抱き続けているのを見て、赤ちゃんの世話も大変だとあらためて感じた。迷子の男の子は、なんとかよちよちでも自力で歩いてくれるので助かる。有無を言わせず、子どもの手を引いてないほうの手で、安西夫人の腕からベビーカーを取り上げた。

軽量タイプのようだが、それでも五キロ近くはあるようだ。こんなものを提げて、子どもを抱いて歩くなんて、母親の体力というのはすごい。その上に、赤ん坊のおむつやタオル、哺乳瓶などを入れた大きなマザーズバッグを肩に掛けている。全部で何キロの荷重を、細い身体にかけているのだろう。

「ここは、あいかわらず賑《にぎ》やかねえ」

安西夫人が微笑《ほほえ》み、ぽつりと漏《も》らした。航空祭について言ったのかと考え、それから音楽隊の仲間のことだと気がついた。

「早く帰ってきてくださいよ、夫人。代役のりさぽんも頑張ってますけど、来年は航空自衛隊の創設六十周年記念で、式典や演奏会が目白押しなんですから」

「──そうね」

励ますつもりで口にしたのだが、返ってきた言葉はいまひとつ力がなかった。そういえば、安西夫人は目ヂカラの強さでみんなを恐れさせてきたのだが、今日はなぜかいつもの迫力がない。

「そうだ。カルロス──じゃない、狩野さんは今日、どうなさったんですか？」

狩野伸一郎は、安西夫人に対する八年越しの恋をしつこく引きずり続け、昨年めでたくゴールインして、赤ん坊にも恵まれたばかりだ。傍《はた》から見ていても夫人にメロメロで、本人もひげを剃ればかなりの美男子なのだが、夫人を傍らに置いて、やにさがったところは見ていられないほどだった。そんな彼が、夫人と赤ん坊だけを航空祭に送り出すとは思えないのだが。

「仕事で海外に行ってるわ」

夫人が、ぐずり始めた赤ん坊の背中を軽くさすりながら、あっさり答えた。

「あれっ、まさか、今日ここに来ること、狩野さんは知らないんじゃ――」

夫人は小さく肩をすくめた。夫に黙って航空祭に来たらしい。夫人もいい大人だし、いちいち旦那の許可を得ないとどこにも行けないようなタイプの女性ではない。

「海外ってどこなんですか？」

「シリア」

即答だったが、佳音は言葉に詰まり、目を瞬《しばたた》いた。シリアといえば、アサド大統領の政権と、反政府勢力やイスラム国《ISIL》という過激派組織などが、三つ巴、四つ巴の騒乱を繰り広げている国だ。二〇一二年には、日本人の女性ジャーナリストが取材中に銃撃を受けて亡くなり、わが国にも衝撃を与えた。

――そういえば、狩野伸一郎は戦場カメラマンだった。

あらためて思い出す。

「好んで危険な地域に飛び込んでいくのは、やめてほしいと言ったんだけど。狩野は、自分だけは死なないと思ってるの。絶対に自分には弾が当たらないって」

佳音の絶句をなんと思ったのか、皮肉な口調で夫人が呟いた。彼女が浮かぬ表情をしている理由がなんとなく理解できたようで、佳音はさらに黙り込む。

結婚して子どもも生まれ、カルロスは戦場から離れるのだとばかり考えていた。今でこそ戦場カメラマンとして名前を馳せているが、彼はもともとヌードカメラマンだったそうだ。写真の腕が確かなら、何も好きこのんで危険な場所に飛び込んでいかなくても、仕事はあるはずだ。子どもの面倒も見ると宣言したのではなかったのか。

「確か、狩野さんのお友達も戦場カメラマンで、紛争に巻き込まれて亡くなった――いえ、行方不明になったのでしたよね」

夫人が頷く。狩野は、イラクで姿を消した親友を捜すために、カメラを抱えて戦場に飛び込んだ。さまざまな証言から、友人のカメラマンはイラクで殺されたのだと今ではわかっているのだが、狩野の心はまだ友人を捜しているのだろうか。

「あ、T‐4」

佳音はジェットエンジンの音と大歓声を聞いて、空を見上げた。中等練習機のT‐4は、アクロバット飛行を専門に行う、ブルーインパルスこと松島《まつしま》基地の第四航空団飛行群第十一飛行隊でも使用されている。ちょうど、入間基地所属のT-4が、編隊飛行を行うところだった。機体が観覧席の前を通過するたびに、三十万人の観客からどよめきが起きる。頭の上に掲げたスマートフォンや、望遠レンズつきのカメラの筒先が、そのたびに左から右へ、右から左へと動くのも一興だ。

「気持ち良さそうに飛ぶわねえ」

サングラス越しに見上げ、安西夫人がため息まじりに呟く。佳音には航空機の操縦技術など皆目わからないが、航空祭で見る機体が、大小問わず、空を燕《つばめ》のように自由自在に飛び回っているのを見ると、自分もやってみたいという誘惑にかられる。あれだけ好きなように飛べたら、さぞかし気持ちがいいだろう。

迷子の男の子はすっかり足を止め、小さい身体でせいいっぱいに上を向いて、夢中で見入っている。

「あーあ。しょうがないなあ。あんたもああいうの、大好きなのね」

子どものそばにしゃがみ、並んで空を眺める。T-4は鳥のようでもあり、アメンボのようでもあり——何にも縛られない感じがする。早く子どもを本部に届けて責任を果たしてしまいたいのだが、あと数分くらいこうしていても問題はないだろう。

「そういえば、渡会君が南空音《なんくうおん》に異動になったんですって?」

ふいに安西夫人が尋ねた。

「そうなんですよ。夏に支援で那覇に行ったんですけど、あいつ、とっくに南空音に溶け込んで、昔からあっちにいたみたいな顔をしてましたよ。真っ黒に日焼けしてましたし」

「——そう」

安西夫人の声が複雑そうな感じで、思わず振り向いて見上げてしまった。こんなふうに、奥歯にものが挟まるような言い方をしたり、ぐずぐずしたりするタイプの人ではないのに。

「夫人、やっぱりなんか変ですよ。何かあったんですか」

「別に、なんでもない」

夫人が、ぷいと横を向く。

「——鳴瀬さんが全然しょげてないのが、悔しいだけよ」

「へ？」

「いいからさっさと行きましょう。あんまりぐずぐずしてると、その子を誘拐したことになっちゃうかもしれないわよ」

「は？　誘拐？」

——冗談ではない。

佳音は子どもを抱き上げた。もっと飛行機を見ていたかったのか嫌がってぐずったが、聞きわけさせるしかない。

「ちょっとの間、我慢してね。後で、お父さんやお母さんと一緒に、しっかりブルーインパルスを見たらいいんだからね」

うう、と子どもが顔を歪《ゆが》めたので、泣きだすのかと身構えたが、そのまま親指を口に持っていってしゃぶり始めた。

こんな小さな子どもを置き去りにするなんて、本当に親はどうかしている。

駐機場《エプロン》にびっしり居並ぶ観客の間をすり抜け、かき分けしながら、本部のテントまで行きつくだけでも疲れた。夏休みのビーチ並みに人が多い。安西夫人はともかく、こちらは音楽隊の制服を着ているのでカメラを向ける人もいる。仏頂面《ぶっちょうづら》で強引に押し通るわけにもいかない。「失礼します」「ごめんなさい」と録音テープのように繰り返しながら、テントを目指した。

「すみません、迷子になった男の子を連れてきました」

息を切らして本部にたどりつくと、迷子の一時預かり所を運営している女性隊員らがふたり近づいてくる。この子です、と黄色い上下の子どもを降ろして押しやった。

「えっ、こんな小さなお子さんですか」

正帽をかぶった三曹の女性が、予想外だったように子どもを見つめた。さすがに、二歳や三歳の子どもが、親から離れて迷子になることはめったにないのだろう。パレードに紛れ込んできた事情を話すと、あっけにとられたようにもうひとりの女性士長と顔を見合わせた。

「それなら、二十分は前ですよね。まだこちらには、迷子の問い合わせは入ってないんですが――」

驚くのは佳音たちの番だった。こんな幼い子どもがいなくなったのに、親は気づいてないのだろうか。安田《やすだ》と名乗った女性三曹が、男の子に名前を聞いたが、さっぱり要領を得ない。彼女と一緒にもういちど迷子札などを探したが、親は持たせていなかったようだ。

――まさか。

嫌な予感がして、安西夫人と顔を見合わせた。――迷子じゃなくて、捨て子じゃないだろうな。

「すいません。格納庫の近くで、落とし物を拾ったんですけど」

佳音らが子どもの衣服や持ち物をあらためている間にも、本部にはたびたび人が訪れる。催し物の会場の場所を尋ねる人や、帽子や日傘、携帯電話などの落とし物を届けてくれる人。女性が来ると、決まって子どもを見て「可愛い」と歓声を上げた。まんざらでもない様子で、子どもはいちいち手を振っている。大きくなったら、プレイボーイになるのかもしれない。

「とにかく、この子はこちらで預かります。会場に迷子のアナウンスをしますから、すぐ家族の方が見えるでしょう」

安田三曹らに子どもを預け、音楽隊の控室に戻ることにした。子どもは佳音が立ち去ろうとしていることに気づくと、顔を歪めて大きな目を潤ませ、半泣きになって引きとめようとした。だが、そこはまだ赤ん坊の域を抜けきらない幼児だ。安田三曹が輸送機をかたどったぬいぐるみを見せると、目を輝かせてそちらに関心を吸い寄せられた。佳音が最後にもう一度振り返った時には、ぬいぐるみを高々と掲げて、よたよたと歩いているところだった。

「あの子、早く親と会えるといいわね」

安西夫人が眉をひそめて低い声で呟く。彼女もきっと、ただごとではない雰囲気を感じ取っているのだろう。

ピンポンパンポン、とチャイムが鳴った。

『迷子のお知らせです。黄色のTシャツに、黄色の半ズボンを着た二歳くらいの男の子を、本部でお預かりしています。お心当たりの方は、本部までお越しください』

先ほどの安田三曹が、アナウンスしてくれた。マイクの背景に、「きゃあ」と喜んでいるあの子の甲高い声が入った。放送を聞いて、親が現れればいいのだが。

「もうすぐ一〇三〇《ヒトマルサンマル》よ。鳴瀬さんは、早く戻ってみんなと合流したほうがいいわね」

安西夫人が時計を見て、ベビーカーをこちらの手から取り返した。

T―4の飛行展示は終わったようだ。この後、輸送ヘリコプターCH―47J、救難捜索機U―125A、救難ヘリコプターUH―60Jの飛行展示が一〇四〇《ヒトマルヨンマル》から始まる予定だった。航空祭はタイムスケジュールに沿って、整然と進行している。

「演奏は私も聴かせてもらうから」

「ありがとうございます。緊張するなあ」

「何言ってるの」

それから夫人は、ちょっと言い淀んだ。

「鳴瀬さん、変わったわね。いつの間にか、すっかり一人前になった感じがする」

頼もしそうに夫人が目を細めた、と感じたのは、佳音の希望的観測――だけではないはずだ。

「いや、そんなあ」

ひとり照れながら、赤ん坊を抱いた夫人の後ろ姿を見送る。本当は、彼女が何に悩んでいるのか、きちんと話を聞きたかった。でもきっと、演奏会が終われば控室に来てくれるだろう。みんな会いたがるだろうし、ゆっくり話を聞く機会があるはずだった。

体育館に用意した、紅白の幕を張った仮設のステージに、ティンパニやドラムなど大型の楽器とパイプ椅子、譜面台などを置き、マイクやアンプのセッティングを行う。さまざまなアトラクションの会場として使われている舞台だ。

「ふーん、それじゃあの子、迷子の届けが出てなかったわけ?」

譜面台を並べながら、美樹がひそひそと尋ねた。

「そう。びっくりだよね」

うーむ、と美樹が意味ありげに唸る。そこはかとなく、嫌な予感がした。

「これはあれだね。われわれ、航空中央音楽隊探偵団の出番だね!」

――だから違うって。

「いつから私たち、探偵団になったのよ!」

「それいいっスね、美樹先輩。あの子の親を捜すんですね」

美樹も真弓クンも、関係ないことにどんどん首を突っ込むお調子者だ。まあ、佳音自身にもそういった面がなきにしもあらず、なのだが。

「だってあの子が可哀そうだし、責任感じるよね。パレードに紛れ込んでなかったら、迷子になることもなかったかもしれないじゃない。演奏が終わったら、撤収準備の合間に本部に行って、様子を見てみようよ」

名前も知らないので、「あの子」としか呼びようがない。それも不憫《ふびん》だった。

「まあ、様子を見るくらいならいいか」

舞台のセッティングを終えて控室に戻ると、懐かしい顔が待っていた。

「よう」

「村上《むらかみ》さん──！」

定年を迎えて音楽隊を退官した、村上昇《のぼる》元空曹長が、大きな紙袋を提げて立っている。アルトサックスの担当で、作曲もよくし、いまでも航空中央音楽隊の演奏会では、彼による曲がしばしば演奏される。佳音は音楽隊に入ってからずっと、古武士の風格を漂わせた村上さんのもとで、鍛えられてきたのだった。寡黙な村上さんは、鍛えるというより黙って背中を見せて教えるタイプだったが、まっすぐ伸びたこの背中に、どれだけ勇気づけられてきただろう。

「元気だったか」

村上さんは、目尻に皺《しわ》を寄せて、穏やかに笑っている。彼が辞めて三年以上になるが、少しも変わっていないので嬉しくなる。

「みんな元気ですよ！　渡会は今、沖縄ですけど」

村上さんが楽しげに目を細める。元気のいい息子の動向を聞かされたような表情だった。

「そうだってな。元気ならいいことだ。あいつなら沖縄も似合うだろう」

「私と同じ、八戸っ子のくせにねえ。どうして、あんなに暑いところが好きなんでしょう」

微笑しながら、これ、と村上さんが差し出した紙袋には、和菓子の箱が入っていた。

「京都みやげだ」

「ありがとうございます！」

「村上さん、ありがたく頂きまあす！」

食べ物の匂いを嗅《か》ぎつけたわけでもあるまいが、美樹と真弓クンが後ろから首を伸ばして紙袋を覗き込んだ。食い意地の張った連中だ。佳音も他人《ひと》のことは言えないが。

「今はどうされてるんですか？」

美樹が興味津々で尋ねた。

「近くの工場で事務の仕事を斡旋してもらったので、週に四日はそこに通ってる。あとは、気ままにぶらぶらしているよ」

いいなあ、私もぶらぶらしたい、と美樹たちが羨《うらや》ましそうな声を出す。

「――狭間《はざま》は、まだ来てないか？」

村上さんが周囲を見回すのにつられて、佳音たちもあたりを見渡した。狭間さんというのは彼の同期だが、ひとつ年上だったので、村上さんより一年早く退官した元パーカッショニストだ。カニを連想するほどエラの張った顔立ちで、村上さんが古武士なら狭間さんは野武士と呼びたいくらい、泥臭さを感じさせる男でもある。

「まだ見てませんね」

「そうか。ここで会う約束をしてたんだが」

「今日、すごい人出ですからね。なかなかここまで近づけないのかも」

安西夫人といい、村上さんや狭間さんといい、関係者がよく訪ねて来る日だった。

「狭間さんに会うのも久しぶりですね。楽しみです」

「演奏が終わるまでには来るだろう。終わったらここに連れてくるよ」

村上さんがにっこりした。


会場は体育館だ。天井が高いので、音の響きも悪くない。

――さて、行きますか。

隊員らが舞台に登場すると、足の踏み場もないほど床にびっしりと座り込んだ聴衆が、いっせいに拍手した。ここでひるむわけにはいかない。数えきれないくらい演奏会をこなしているくせに、佳音はいつもこの拍手に怖《お》じ気《け》づきそうになるのだが。

私はできる子、私はできる子と、いつの間にか癖になったおまじないを心の中で唱えて、楽器のストラップを首に掛けた。アルトサックスの重みが、ほど良い緊張感をくれる。

今日の演奏は、副隊長の吉永《よしなが》三等空佐が指揮を執る。全員が位置につき、準備が整ったことを確認すると、吉永はくるりと客席――というより床に腰を下ろした聴衆に向かい、深々と礼をした。

一曲目は、ブルーインパルスのテーマ曲、『ドルフィン・イン・ザ・スカイ』。佳音の大好きな曲だ。いつ演奏しても、こきみのいい、青空を気持ちよさそうに飛び跳ねるブルーインパルスにぴったりの曲だと思う。

会場の中ほどに、赤ん坊を連れた安西夫人が座っているのが見えた。後ろのほうに、村上さんの姿も見える。狭間さんとはまだ合流できていないようだ。携帯電話にかければいいのに、とふと思った。

――よし、いつもより落ち着いてる。

会場の様子なんて、怖くて見られない、見たくもないことが多いのだが、今日は意外と平気だ。

（すっかり一人前になった感じがする）

安西夫人の声が耳によみがえり、頬が緩みそうになる。内務班で夫人と同室になって、はや何年になるのだろう。

――やっと誉めてもらえたもんね。

今はそんな場合ではないのだが、感慨にふけりたくもなるではないか。普段は厳しい人の言葉だけに、感激もひとしおだ。

次の曲は、アカデミー賞を受賞したディズニーアニメから、五曲のメドレーだった。子ども連れが多いことを意識した選曲だ。

一九四六年に公開された映画『南部の唄』から、「ジッパ・ディー・ドゥー・ダー」。黒人の描写について抗議があったため、映画は現在ＤＶＤなどソフトの販売が中止されているが、音楽は東京ディズニーランドのスプラッシュ・マウンテンなど、アトラクションのＢＧＭに採用されているので馴染《なじ》みが深い。

そして『メリー・ポピンズ』から「チム・チム・チェリー」。これも、タイトルに聞き覚えがなくとも、曲の出だしを聞いたとたん、「ああ！」と目が輝くような曲だった。『ピノキオ』からオルゴールにもよく使われる「星に願いを」、『ジャングル・ブック』から「ザ・ベアー・ネセシティ」、そして『リトル・マーメイド』から「アンダー・ザ・シー」。

どれもこれも、あらためてタイトルを聞いてもピンとこないかもしれないが、曲はよく耳にしているはずで、こうして見るとディズニーアニメの音楽が、どれだけ生活に浸透しているかがよくわかる。

続いて米国の作曲家、ルロイ・アンダーソンの『クラリネット・キャンディ』と『トランペット吹きの休日』だ。軽妙でユーモアを感じさせる曲を得意とする作曲家だけに、身体が浮き浮きと踊りだすような二曲だった。

会場の反応もいい。

——おお、すごい。今日は会場の反応までちゃんと見えているじゃないか、私。

佳音は自分の成長に感動を覚え、指揮者を見るふりをしてさっと会場に視線を走らせた。こういうカジュアルなコンサートなので、子どもらは片時もじっとしていない。時に奇声をあげ、時におもちゃの自動車を走らせ、自分も走り回る。それでも楽しんでくれているようなのは雰囲気でわかるし、周囲も迷惑には感じていないようだ。

隊員の家族だって来ている。トランペットの主水之介《もんどのすけ》こと、安藤《あんどう》稔《みのる》一等空曹も、奥さんと娘が来ているらしい。演奏開始直後から、しきりに「パパ」「パパ」と声援を送る幼い娘に、いかつい主水之介の頬も緩みっぱなしだ。まあ、子どもの声量に負けるような音楽じゃないし。なんとも微笑ましい。

イブ・モンタンのシャンソンで有名なジョセフ・コスマの『枯葉』、岡野貞一《おかのていいち》の『ふるさと』と来てはもう、知らない人はいないだろう。曲目はここから、ここしばらくの映画やテレビドラマの主題歌として大ヒットした音楽が続く。映画『風立ちぬ』の主題歌「ひこうき雲」、NHK朝の連続テレビ小説『ゲゲゲの女房』主題歌の「ありがとう」、同じく『あまちゃん』のオープニング・テーマだ。

耳に馴染んだ曲のオンパレードに、客席のノリは非常に良い。あとは、チック・コリアの『ラ・フィエスタ』で締めくくるだけとなった時に、突き刺すような赤ん坊の泣き声が会場に轟《とどろ》いた。佳音は客席の安西夫人を見た。ひろこちゃんが、夫人の腕で泣いている。あの小さな身体のどこに、あれだけのエネルギーがあるのだろう。夫人は邪魔にならないよう席を立とうとしたのか、周囲を素早く見回したが、あまりに人が多く、会場を出るほうが迷惑になると判断したようだ。そのまま困ったように赤ん坊をあやしている。そんな表情の彼女を、それまで一度も見たことがなかった。赤ん坊は、さすがの安西夫人でも思うようにならないのだろうか。仲間の演奏を邪魔しているので、身が縮むような思いをしているのかもしれない。

――夫人、そんなこと気にしないでいいんですよ！

できることなら舞台の上から励ましたくなるほど、彼女の困惑が見てとれる。もし彼女が舞台のこちら側にいたら、今ごろ何の不安も恐れもなく、曲に没入していただろうに。

──だめだめ。

考えると、なんだか胸が詰まるようで、佳音は視線を楽譜に戻した。指揮棒が上がり、曲が始まる。

チック・コリアは米国のジャズピアニストで作曲家だが、一九七二年に発表したアルバム『リターン・トゥ・フォーエヴァー』の最後を締めくくる『サムタイム・アゴー』から『ラ・フィエスタ』へのメドレーは、スペイン風の情熱が香る楽曲だ。アルバム名をそのままバンド名にした、コリアをリーダーとするリターン・トゥ・フォーエヴァーが、二〇一一年に三十年ぶりの来日公演を果たしたばかりだった。

ラ・フィエスタ──祝祭。

考えてみれば、これほど航空祭にふさわしい曲もない。チック・コリアは自分の神様だと公言してはばからない、バリトンサックスの斉藤《さいとう》君は、この曲を強力に推薦したひとりだった。

満場の拍手に包まれながら、アンコール曲の『空の精鋭』を演奏し終えた。退場する前に、一瞬だけ安西夫人がいた場所に視線を走らせたが、立ち上がって会場を出ていく聴衆に交じり、彼女の姿は見えなくなった。

「佳音、真弓クン、行くわよ。今を逃すと、本部の様子を見にいく余裕がなくなるから」

美樹の鶴のひと声を機に、彼女らは控室を出た。

「撤収作業しなくていいの？　それに、誰かに出かけてくること言った？」

「大丈夫、諸鹿三尉に報告済みだから。そんなに時間はかからないでしょ。早く戻って、撤収の作業をすればいいって」

端整な諸鹿三尉は、きっと「またあの三人か」と呆れているだろう。

そういえば、広報担当の鷲尾《わしお》二尉はこの夏に市ケ谷《いちがや》に異動になり、五反田《ごたんだ》二尉という、新しい広報担当がやって来た。着任して三か月、今日は立川で留守番をしている。

安西夫人の様子が気になったが、彼女がすぐに控室に来る気配もない。村上さんも、狭間さんに会えたのだろうか。

「えっ、この子の親、まだ名乗り出ないんですか」

本部のテントに着いてみると、困り果てた様子の安田三曹がいた。会場の上空ではちょうど、一二四五《ヒトフタヨンゴ》から一四〇〇《ヒトヨンマルマル》までのブルーインパルスの飛行展示が始まっている。

中等練習機T－4をベースに独自の仕様を加えた、ブルーインパルスの水色と白の涼しげな機体が、一糸乱れぬ動きで編隊飛行を行っていた。T－4の愛称は、ドルフィンというそうだ。ブルーインパルスのテーマ曲『ドルフィン・イン・ザ・スカイ』のタイトルは、その愛称から取られている。

飛行展示が終わるまでは、迷子のアナウンスもできない。

子ども自身は、テントの日陰で地面に置いたマットレスの上で遊んでいる。小さなプラスチックのコップにジュースを注《つ》いでもらって、ご機嫌だ。

「航空祭で迷子は毎年出ますけど、さすがにこんなケースは初めてです。そろそろ、警察に連絡すべきかと話していました」

子どもが怪我をしたり、変なものを口に入れたりしないように、常に気をつけていなければならないので安田三曹らも大変だ。

「この子、片時もじっとしてないんですよね。うちにも娘がいますけど、桁違いです」

ため息をつくような声だった。

美樹が、うーんと唸る。佳音は彼女の袖を引っ張ってテントの外に出た。

「美樹、どうするつもり？　あの子の親が本当に子どもを置き去りにしたのなら、私たちにはどうしようもないじゃない」

「たしかに、お母さんが育児ノイローゼになっちゃった、という可能性もないわけじゃないですからねえ」

真弓クンも困ったように首を振っている。育児ノイローゼという言葉を聞いて、ふいに安西夫人の顔が浮かんだ。

――違う、違う。

今はそんなことを考えている場合ではない。

「そんなこと言ったってさ、ふたりともあの子のこと、放っておける？　私たちのパレードにくっついてきたんだよ。佳音なんか、あの子にしがみつかれてたじゃない。なんとかして、あの子のお母さんを捜してあげようよ」

「そうは言っても、どうやって？」

「犯人は犯行現場に戻るのよ」

「はあ？」

美樹の奴、何を言いだすのか。だいたい、犯人って――誰のこと？

「佳音、私たちがあの子に気づいたのはどのへんだった？」

「パレードが半分過ぎたくらいかなあ」

いきなりお尻に何かが触れて飛び上がりそうになったから、よく覚えている。

「なら、あの格納庫の前あたりだよね」

美樹が言わんとしていることは、佳音にも薄々わかりかけてきた。彼女がさっさと歩きだしかけ、くるりと引き返してきた。

「ちょっと待ってて。あの子の写真を撮っていくから」

テントに戻り、スマホで子どもの写真を撮影している。

「なるほどね。現場で見せるわけね」

「そうよ」

しかし、子どもがパレードに紛れ込んできたのは、もう二時間以上前のことだ。今さら近くにいる人たちに尋ねても、目撃者が見つかるだろうか。

「しょうがないっスね。美樹先輩、言いだしたら聞かないから」

やれやれと真弓クンがぼやいている。真弓クンのふてぶてしいくらいの落ち着きにも、不思議な感覚がした。演奏会の直前になると、毎度のごとく胃の痛みを訴えていた彼女だが、今日は平気な顔で演奏していたっけ。入間基地での演奏会が、彼女にとって二度目の経験ということもあるかもしれないが——。

ふふっと小さく笑いがこぼれる。

「どうしたんっスか、鳴瀬先輩」

「何でもなーい」

毎日近くで見ていると気が付かないけれど、自分たちだって、少しずつ進歩しているのかもしれない。意識しないうちに、前へ、前へと進んでいるのだ。

「行くわよ！」

格納庫のほうに駆けだしていく美樹を追いかけた。美樹の猪突猛進パワーだけは、あいかわらずだ。

「ご、ごめんなさい、ちょっと前を失礼します！」

「お邪魔します、申し訳ありません！」

ブルーインパルスの曲技飛行に夢中になっている観客の前を通りすぎるのは、気を遣う。みんな、首が痛くなるんじゃないかと思うくらい、天空を見上げているのだ。こちらは、航空祭に参加するたびに見ているので、だいたいの演技の順番も頭に入っている。

観客のどよめきを聞いて、佳音は空を見上げた。二機がスモークで描いたハート形に、いま三機めがキューピッドの矢を通したところだ。バーティカルキューピッドと呼ばれる演技プログラムだった。ハートの中央付近で刺さった矢がいったん消え、ハートを貫いて向こう側にまた現れる。たいへん芸が細かい。

今日はあいにくの薄曇りだが、真っ青な空に白いスモークの航跡は、みごとに映える。

「あれ、僕もやってみたーい！」

子どもの甲高い声が聞こえて、口元がほころんだ。いいぞ、少年。あの操縦席に座れるようになるまでには、死に物狂いの努力と才能が必要に違いないけれど、夢は大きいほうが楽しい。

「このへんだったよね。あの子がパレードに近づいてきたのって」

美樹が周辺を見回した。今日は様々な展示に使われた、格納庫の前だ。ブルーシートに座りこむ人たちの姿も見える。

「あの人たち、ここにずっといたんじゃない？　子どものこと、見なかったかな」

いい位置に席を確保しているということは、早くからここにいたはずだ。仮設のトイレにも近い。軽食の屋台にも行きやすくて便利な場所だ。美樹が撮影した子どもの写真を、メールでこちらにも転送してもらった。ブルーインパルスの、それぞれの演目の合間を利用して、周辺に座っている観客らに控えめに尋ねて歩く。

パレードに紛れ込んだ子どもを記憶していた人も何人かいたが、親と一緒にいるところを見た人はいなかった。

「まさか、あんな子どもがひとりで来るわけないし――」

「あの年にしては、よく歩いてたけどね。私の制服にしがみついてぶら下がった時も、けっこう力が強くてびっくりしたよ」

「親がトイレに入ってる間に、ひとりでうろうろしちゃったってことはないっスかね」

真弓クンが仮設トイレを眺めて首を傾げた。なにしろ三十万人、トイレの数も充分用意しているが、それでもずらりと利用者の列ができている。

「あの年齢の子どもを、外で待たせることはないと思うんだよね。個室に連れて入るでしょう」

「そうっスよねえ」

美樹の意見が正しいだろう。ともあれ、念のために仮設トイレの近くまで行ってみた。給水車が出て、仮設の手洗い場も設置している。その手洗い場に、茶色いクラッチバッグがひとつ、置かれていた。手を洗っている誰かの持ち物かと思えば、次々に人が入れ替わるのに、バッグは置かれたままだ。みんな妙な顔をしながらも、バッグには手を触れずに立ち去る。

「あれって、まさか――落とし物？」

「でも、まさか――バッグだよ？　バッグごと落とす？」

恐る恐る近づき、周辺にいる人たちに持ち主の心当たりを尋ねてみたが、みんな首を横に振るばかりだ。

「さっきから、そこにありますよ。誰かの忘れ物かなあと思ってました」

砂利道で子どもに風船を持たせて遊ばせていた若い女性が、くったくのない表情で教えてくれた。

「そのう、いつ頃からあるんでしょうか」

「私はもう二十分くらいここにいますけど、その間ずっとあります」

美樹と顔を見合わせ、これも本部に持ち込むべきかと思案していると、バッグの中でブルブルと振動音が続いている。

「携帯だよね」

「まさか——ば、爆弾ってことはないよね」

クラッチバッグの忘れ物だなんて、なんだか怪しい。

——不審物を見かけた時は、触らずに係員までお知らせください。そんな、鉄道のアナウンスを思い出して背筋が寒くなる。

「まさか、やめてよね」

美樹が顔をしかめ、意を決したようにバッグを摑んだ。外からそっと触り、中の感触を確かめている。

「よくわかんない。だけど、櫛《くし》みたいなものと、ペンみたいなものが手に触れた感じ。普通の鞄だと思う。本部に持っていくべきよ」

携帯電話はいったんバイブレーションが止まったが、しばらくするとまた震え始めた。

「ねえ、置き忘れた人が、どこにあるのか捜すために自分の電話にかけてるんじゃない？　電話に出てみたらどうかな」

「それにしても、私たちだけではやらないほうがいいよ。本部の、そういう役割の人にやってもらったほうがいいから」

こういう時、同期のくせに、美樹はまったく冷静で頼もしい。彼女の指示に従って、ぞろぞろと本部に戻ることにした。結局、子どもの親を目撃した人は見つからずじまいだ。

そろそろブルーインパルスの演技も終わろうとしている。この後はF－15の飛行展示もあるのだが、最後まで観覧していると、いっせいに駅に向かう三十万人の洪水で、身動きできなくなってしまう。それを嫌って、ブルーインパルスの演技が終わると、気の早い人たちが門に向かい始める。どのみちそのタイミングで撤収しても、門にたどりつくまでに徒歩の人々の大渋滞が発生して、駅に着くまでに二時間くらいかかることもあるのだが。

本部に着いて安田三曹に事情を話すと、目を丸くした。

「鞄の落とし物ですか。問い合わせはなかったですね。盗まれたという話もありませんでしたし――それじゃ、携帯に出てみたほうがいいかもしれませんね」

本部のテントの下で、黄色い上下を着た子どもが、こちらを見てにこにこ笑った。

どこで置き忘れたのかわからず、持ち主が捜しているかもしれない。上官を呼んで、立ち会いのもとクラッチバッグを開いてみる。黒い革の財布やキーホルダーに交じって、スマートフォンが見つかった。今は振動がやんでいる。持ち主の身元を確認できるものがないかと探ってみたが、免許証もなかった。

「セキュリティ・ロックがかかってますね」

安田が冷静に言った。持ち主以外がスマートフォンを操作できないように、暗証番号などの入力を要求させる仕組みだ。これでは電話に応答することもできない。

「この鞄、少なくとも二十分前から置かれたままだったそうなんです。財布や携帯を入れたままで、ずっと忘れてるなんて考えにくいですよね」

美樹の言葉に、安田がハタと思い当たったような表情になった。

「今日、ミス航空祭のパレードが始まる直前に、仮設トイレの近くで倒れた男性がいたんです」

「あ——あの時の緊急車輛」

佳音も、パレードの最中にサイレンを聞いた覚えがある。

「結局、その方は、意識不明のまま救急車で病院に運ばれたそうなんですけど——」

「その人のものってことですか?」

しかし、緊急車輛で運ぶ際に、鞄を持っているかどうかぐらいは確かめるんじゃないだろうか。

「病院に電話してみます。万が一ということもありますし」

やれやれだ。子どもの親を捜そうとして、別の問題まで持ち込んでしまった。

「やっぱり、佳音といると必ずトラブルが発生するんだよね」

「だから、私のせいじゃないって」

ぶつぶつと愚痴をこぼしあっていると、向こうから知った顔がふたり、近づいてくる。ブルーインパルスの飛行展示が終了し、三分の一くらいの観客が帰り仕度をして門に向かうなか、人の流れに逆行するように歩いてくるのは、村上さんと安西夫人だった。村上さんは、携帯電話を耳に当て、誰かに連絡を取ろうとしているようだ。

「なんだ、こんなところにいたの」

安西夫人が、赤ん坊によだれまみれの手を押し付けられながら、笑顔を向けた。先ほどより、ずいぶん晴れやかな表情だ。赤ん坊のよだれを頬につけていても、夫人は夫人だった。女王の風格と威厳を取り戻している。ファンデーションは、ウォータープルーフのものに違いない。

「鳴瀬さん、迷子の親御さんは見つかった？」

「いえ、それが――」

忘れ物のスマートフォンが、また振動し始める。画面が明るく輝き、そこに表示された文字を見て、佳音たち三人はあっと叫んだ。

「『村上』って──！」

振り向くと、村上さんが携帯を耳に当てたまま、何事かと足を止めるところだった。

「──なんだ。どうした？」

「村上さん、誰に電話してるんですか？　ひょっとして──」

「狭間を捜してるんだ。ずっとかけてるんだが、あいつ電話にも出ないから」

「それじゃあ──」

このスマートフォンは、狭間さんのものだ。倒れたのは、狭間さんだったのか──。

佳音たちは、呆然《ぼうぜん》と立ち尽くした。

「近くにいるご両親が、雷太《らいた》くんを迎えに来てくれるそうです」

安田三曹が、肩の荷が下りてほっとした様子でえくぼを見せた。

病院や村上さん、それに電話で連絡がついた狭間さんの娘夫婦らの証言をつなぎ合わせて、ようやく事情がわかってきたところだ。

狭間さんは今日、娘夫婦の子どもを一日預かることになったので、ちょうどいい機会だと航空祭に連れてきた。村上さんと会う約束があり、初孫を見せるつもりもあったらしい。あとで娘夫婦と合流し、食事でもしようと言っていた。

ところが、ミス航空祭パレードが始まる〇九〇〇《マルキユウマルマル》前、仮設トイレのあたりで気分が悪くなり、意識を失った。病院の医師によれば、脳梗塞とのことだ。目撃者がいないので、これは想像にすぎないが、子どもは祖父が倒れたとは思わず、ひとりで歩いてパレードに迷い込んだのだろう。短い距離とはいえ、小さな子どもの足でよく歩いたものだ。狭間さんを緊急車輌に運び込む際に、大きなショルダーバッグを肩に掛けていたので、緊急車輌の隊員は持ち物はそれだけと思い込んだらしい。クラッチバッグは見かけなかったというから、ひょっとすると子どもが動かしたのかもしれない。子どもの姿も見なかったそうだ。

基地を出て病院に着き、患者の身元を確認するためショルダーバッグの中身を見たところ、身分を証明するものはひとつもなく、赤ん坊のおむつや哺乳瓶が出てきたので騒ぎになった。航空祭の会場で倒れたことはわかっていたが、まずは患者の手当てを優先し、入間基地のどこに問い合わせるべきかと右往左往していたそうだ。

あと少し時間があれば、病院からの電話が基地のしかるべき担当につながっただろう。

――ああ、良かった。

胸を撫《な》で下ろしかけたものの、まだ全然良くはない。狭間さんの病状が思わしくないのだった。

「私はこれから、病院に行くよ。鞄も預かってるし」

村上さんは、脳梗塞と聞いて厳しい面持ちになっていた。意識は戻ったものの、狭間さんはまだ言葉を話すことができないらしい。倒れた当時の記憶も、曖昧なようだ。ただ、雷太くんと一緒にいたことは強く意識しているらしく、雷太くんのおむつなどが入ったバッグを、しがみつくように抱えていたそうだ。

「狭間のやつ、それほどの年でもないのにな」

寂しそうに村上さんが呟く。佳音は、狭間さんと村上さんの交友の最後の数年しか知らないが、淡々としていても通じ合うものがあるような、穏やかな関係で、うらやましく思っていた。

——こんな変化もあるんだ。

みんな、時間とともに何かしら変わっていく。良い変化ばかりとは限らない。

「お手伝いできることがあれば、教えてください」

佳音は、そのまま駐車場に向かおうとする村上さんに、声をかけた。

「うん、わかった。ありがとう」

脳梗塞の程度にもよるだろうが、元の生活に戻れるかどうかわからない。リハビリも必要だろう。

村上さんの背中を見送っていると、一四三五《ヒトヨンサンゴ》から始まる、F−15の飛行展示の開始を告げるアナウンスがあった。

――いよいよ、今年の入間基地の航空祭もおしまいか。

真弓クンがわっと叫ぶ。

「美樹先輩、鳴瀬先輩、たいへんです。こんな時間じゃないですか！」

一時間半も帰ってこないので、諸鹿三尉たちはやきもきしているかもしれない。それとも、「もう慣れたよ」とでも言ってくれるだろうか。

「それじゃあね、雷太くん。もうすぐ本当のママが迎えに来てくれるからね」

テントの中で、遊び疲れてぼんやりしている子どもに、そっと声をかける。ママあ、と眠そうな声で口の中で呟いた。そのまま眠ってしまいそうだ。朝から張りきっていたのだろう。ちなみに、狭間さんの娘――つまりこの子の母親も、アルトサックスを吹くのだそうだ。それで自分のことをママと呼んだのかと、わかってみれば拍子抜けした。

「控室まで一緒に行くわ」

安西夫人が赤ん坊を腕に抱き、たたんだベビーカーを引いて歩きだす。

「私たち、先に行って謝っておきます！」

美樹と真弓クンが駆けだした。少しお客が帰ったので、いくらか移動しやすくなった。

「ベビーカー、持ちます」

安西夫人は逆らわなかった。

「今日、何でここまで来られたんですか。まさか、電車？」

「車で来たの。さすがに今日の電車に、赤ん坊を連れて乗る気はしないわね」

航空祭にあわせて臨時列車を走らせていても、超満員だ。

「控室まで行くと、駐車場と逆方向ですよ」

「大丈夫。人が少なくなったら、ひろこをベビーカーに乗せていくから。——それより狭間さん、元気になるといいんだけど」

「——そうですね」

なんとなく、言葉少なになってしまう。

「ほんとはね、自衛隊を辞めようかと考えていたの」

突然、安西夫人がそんなことを言いだしたので、佳音は仰天して振り返った。

「えっ、そんな——」

最初の話では、フリーのカメラマンをしている狩野伸一郎は時間の融通がきくので、子どもが小さい間はなるべく父親が面倒を見ると言っていたはずだ。

「だけど、狩野も今回みたいに、事件が起きるとすぐ、海外に飛んで行ってしまうでしょう。小さい子どもがいる身で、危険なことはやめてほしいって頼むんだけど。それをやめたら自分でなくなるからっていうのが狩野の言い分なのよね」

狩野はそれでいいかもしれないが、安西夫人はどうなるのだろう。夫人だって、音楽をやめてしまったら夫人じゃなくなる。そうは思わないのだろうか。

「我慢できると思ったんだけどな。ひろこが大きくなるまで」

安西夫人が、腕のなかの赤ん坊のほっぺたを、愛《いとお》しむようにそっと撫でる。ひろこちゃんは、日焼けしないように大きなつばのついた帽子も被せられている。安心しきった表情で、ぐっすり眠って話し声にも起きない。戦闘機のF−15が真上を飛んでいても、平然と寝ているのだから驚く。

――将来、大物になるかも。

「この子、すごく可愛いの。夜中でも日中でも、こっちの都合なんかおかまいなしにすぐ泣くし、おむつは替えなきゃいけないし、ミルクや離乳食は決まった時間にあげなきゃいけないし、新米ママのこっちは、少しも眠れなくてヘトヘトになるんだけど、それでも可愛くってしかたがないの。だから、ひろこのためなら自分の好きなことくらい我慢できると思ったんだけど」

「その——今でも吹いてるんですか？」

恐る恐る尋ねると、夫人がにっこりした。

「もちろんよ。どんなに忙しくても、ひろこの隙を見て、練習は続けてる。この子の情操教育にもなると思うしね。でも、今日ここに来てみんなの演奏を聴いてるうちに、自分があのステージにいられたらなあと思うのを、止められなかった」

「そ、そんなの、我慢しちゃ身体に悪いですよ！」

どう言って安西夫人を慰めればいいのかわからなくて、佳音は握り拳に力を込めた。顔が赤くなっているのが自分でもわかる。

「だって——だって、ひろこちゃんが可愛いのと、安西夫人が音楽やりたいのと、別の次元の話じゃないですか！　そりゃもちろん、赤ちゃんには世話をしてくれる人が必要だけど、もし安西夫人がひろこちゃんのために自分の音楽を犠牲にしたりすれば、大きくなった時に彼女が悲しむと思います。だってそれって、大きくなった彼女にも、同じ犠牲を強いることになるかもしれないってことでしょう」

真っ赤になって、拳をふるって力説する佳音に、夫人が苦笑いした。

「そんなに力まなくても大丈夫。とりあえず、言いたいことはわかったから」

「——はあ。そうですか」

力んでパンパンに膨れ上がった肩から、ぷしゅうと音がして力が抜ける。

「でもね、鳴瀬さん。それじゃ聞くけど、あなたが結婚して子どもができた時、もし旦那さまになる人が、仕事を辞めて家事と子育てに専念してくれって言ったらどうするの？」

う、と佳音は口ごもった。なんだか、こちらを横目で見ている夫人の視線が、ちょっぴり意地悪な気がする。

——ええい。ここは本音まっしぐら！

大きく息を吸った。

「私、そんな奴とは結婚なんかしません！」

「あら、言い切ったわね」

あいつに教えておいてやろう、と夫人が呟いた。がらにもなく軽くうろたえる。あいつって誰だ。いったい誰のことなんだ。

「——でもまあ、私の場合、そんな相手もまだ現れないので、具体的に想像がつかないって事情もありますけどね」

自分でつけくわえて情けない気分になり、自虐的にアハハとごまかしたが、これも本音には違いない。夫人の目が面白そうに笑っている。

「でも私もそう思うわ。仕事も含めて、自分を丸ごと認めてくれる人でなきゃ、結婚する意味がない」

「ひょっとして、さっき村上さんと何か話したんですか？」

「村上さんと一緒に歩いてきた時の、夫人の笑顔を思い出した。

「村上さんたら、面白いことを言うの。音楽隊を定年退官して、民間企業の事務職に再就職したでしょう。そこでは六十過ぎの村上さんが、新人なんだって。だから毎日が勉強で、少しずつ自分も成長してるんだって。三年前に入社した二十代の社員のほうが、自分より仕事ができるって」

「村上さん――前向きだなあ」

それなりの年齢になり、部下だって持っていた人が、そんなことを素直に言えるなんてと感心する。思えばいつも謙虚で真面目な人だった。自分のほうが、よっぽど態度が大きかったくらいだ。

「それでね、言われたの。安西さんは、母親の新人なんだなあって。毎日が勉強で楽しいでしょうって」

ふふっと安西夫人がかすかに笑った。

「最初は、村上さんには子育てのしんどさがわからないんだって、腹立たしく思ったんだけどね。でも、村上さんにそう言われて、ようやく実感が持てたの。いつの間にか一年経って、ただ泣くだけの赤ん坊だったひろこも表情が豊かになったし、おむつの替え方もうまくなって、少しずつ、本当に少しずつだけど、私も成長しているんだって」

佳音はふと、安西夫人と初めて会った日のことを思い出した。

新隊員教育に合わせて最小限の荷物を抱え、立川分屯基地の女子内務班に入った時だった。

(今日から同室の安西庸子空士長よ)

目の前に現れた、艶のある巻き髪と、化粧っけはないのにまつげがバサバサで色白な美女の姿に、佳音はあっけにとられて立ちすくんだものだ。

あれから自分も、一歩ずつ歩みを進めた。まだまだ一人前とは言えないけれど、地を這うカメのように、地道にゆっくり成長を続けている。

同期の吉川美樹だってそうだ。後輩を持って、彼女はどんどん責任感と思いやりのある、いい先輩になっている。そして、いつまでも幼げの抜けない後輩だと思っていた真弓クンまで、知らない間に成長して、時にははっとさせられるようになった。あの個性的な喋り方は、いまだに直らないが。

——すごいなあ、私たち。

行きつくところまで行ったと思っても、村上さんのように、あるいは安西夫人のように、人生のステージが変わるたびに、またひとつずつ階段を踏みしめて登っていくのだ。繰り返し、繰り返し、倦《う》まずたゆまず。

「ひろこを預かってくれる保育園を探すわ」

安西夫人が言った。

「ひろこも毎日成長するし。私も、いつまでも新米ママじゃないからね」

にっこり笑ってひろこちゃんのほっぺたを指でつついた。彼女がぱっちりと目を覚まし、夫人の指を小さな手のひらで握ると、「ママぁ」と声を上げた。

「この子、ママって言った！」

夫人が目を輝かせた。

「初めてじゃないかな」

「えっ、初めてなんですか」

ひろこちゃんは、何が気に入ったのかピンク色の唇を開けて、笑い声を上げた。

『これにて、すべての飛行展示を終了いたします。ご来場の皆さま、ご観覧ありがとうございました。気をつけてお帰りください。また来年、お会いいたしましょう』

F-15の飛行展示も終わったようだ。

家に帰るまでが航空祭です！

近くにいた青年のひとりがそう茶化し、周囲の青年たちがわっと沸いた。コミケじゃないんだから、と佳音は苦笑する。

体育館の向こうから、もうすぐバスが出ると美樹が手を振っている。こちらも手を振り返した。

「それじゃ、安西夫人」

「もう行きなさい。私が戻るまで、いいコにしてるのよ。――それから」

ふいに、妖しい目元をきらめかせた。安西夫人の目ヂカラ復活だ。

「そろそろ私のことは、狩野夫人と呼びなさい」

「そ、そうですよね！　失礼しました」

預かっていたベビーカーを返す。

彼女が今日初めて、自信たっぷりな「お蝶夫人」の笑顔を見せた。この分では、母親になった安西――狩野夫人は、ますますパワーアップして帰ってきそうだ。

滲むような薄曇りの空が、ようやく晴れ間を見せていた。

解説

吉田《よしだ》伸子《のぶこ》
（書評家）

あれは何年前のことだったか。福田さんがまだ兼業作家だったか、専業になったばかりの頃、だったはずだ（ご存知の方も多いと思うが、福田さんは作家になる以前は、システムエンジニアの仕事をされていた）。ある出版社のパーティの二次会で、福田さんと席が一緒になったことがあった。その時、福田さんの口からこんな言葉が出た。

仕事をしている日中は執筆にあてられない。けれど、その代わり、帰宅したら毎日必ず原稿を○枚書くことにしているんです、と。それを自分のノルマにしているんです、と。ごくさりげなく口にしたその言葉の力強さ、きっぱりとしたプロ意識が、すごくカッコ良かった。そして、あぁ、彼女はきっと大丈夫だ、と思った。彼女なら、何があっても書き続けていけるし、確実に前へ、前へと進んで行ける書き手だ、と。何よりいいなぁと思ったのは、福田さんが、書くことに対してすごく楽しそうだったことだ。

そのことを裏付けるかのように、福田さんは二〇〇七年のデビュー以来、精力的に執筆を続けている。福田さんの著作は、デビュー十年で、アンソロジーでの参加も含めれば、四十冊近いのだ。出版界が冬の時代だと言われて久しいなか、作家が本を出し続けるというのは、大変なことなのだ。ある程度の部数が売れないと、次の本を、ということにはならないし、新しい依頼だって来なくなってしまうからだ。

直木賞作家の大沢在昌《おおさわありまさ》氏が『新宿鮫』でブレイクする以前は、長い間「永久初版作家」として業界では知られていたことは、大沢氏自身がよく口にすることだけど、それは、あの当時だからこそ（加えて、大沢氏の人柄――常に常に、いいものを書きたいと努力されていた――もあった）のことであり、今や、「永久初版作家」という肩書き自体が、古き良き業界の都市伝説のようなものになっている。

そんな中で、福田さんは毎年毎年、コンスタントに作品を発表し続けているのである。それだけでも、凄いことなのだけど、福田さんの凄さは、それに加え、自分で自分を型にはめないところだ、と私は思う。デビュー作『ヴィズ・ゼロ』が航空謀略サスペンスだったこともあり、デビュー当時の福田さんには、大型サスペンスの書き手、というイメージがあった。けれど、そこから福田さんは描く作品の幅をどんどん広げて来た。ミステリあり、警察小説あり、ＳＦあり、青春小説あり。中でも本書は、自衛隊小説、しかも、音楽隊を舞台にした「航空自衛隊航空中央音楽隊ノート」シリーズ（勝手に「カノン」シリーズと呼んでおります）である。

シリーズ一作目の『碧空《あおぞら》のカノン』の文庫解説で、文芸評論家の大矢博子《おおやひろこ》さんは、冒頭に書いている。「冒頭数ページを読み、慌てて表紙を確認したあなた。大丈夫、間違ってませんよ。福田和代の小説です。可愛いのも書くんです」

そう、このシリーズの特徴は、何と言ってもそのチャーミングさにある。自衛隊という硬派な背景の中にある、音楽隊というソフトな舞台、そして描かれるのは〝日常の謎〟と、恋愛！　そう、恋愛ですよ、恋愛！　福田さんの恋愛もの第一号が、本シリーズなのである。もっとも、そこはストーリー巧者の福田さん。恋愛といっても、ひねりを利かせてある。そのひねりの大元が、ヒロインの鳴瀬佳音《なるせかのん》のキャラ造形にある。

佳音は青森県八戸《はちのへ》市出身。余談ですが、同じ青森県でも青森市ではなくて、八戸市出身としたところ、さりげないけれどすごく考えられていることが、青森市出身の私には分かる。というのは、このシリーズ内で、佳音にはいわゆるお国訛《なま》りというものが一切ない（イントネーションには残っているかも知れない）のだが、これ、八戸市出身ならアリなんですよ。青森市出身者ならナシなんですが。理由は長くなるので割愛しますが、この、八戸出身という設定だけでも、お主、デキるな、という感じなのです。

この佳音の陽性なキャラが、シリーズの色を出している、といっても過言ではないだろう。佳音にはなぜかいつも〝事件〟がついて回る。その〝事件〟の謎と謎解きが本書の読みどころなのだが、佳音自身も、歩く事件のようなもので、音楽隊に配属されてすぐに盲腸炎になるわ、交通事故にも遭うし、食中毒にもなる、と書き出しているだけでも、騒々しい。佳音自身は、自分のことをいたって普通だと思っているようだが、そのことが逆に、妙なちぐはぐさを醸し出して、いい味を出している。

その佳音を慕っているのが、前作では佳音と同じ航空中央音楽隊に所属していたのだが、本書では転勤に伴い、沖縄にある南西航空音楽隊所属となった渡会俊彦《わたらいとしひこ》だ。実は佳音と渡会は、同じ高校、同じ吹奏楽部だったのだが、後年、二人が再会した時、佳音は渡会のことをまるで覚えていなかった。渡会といえば、高校時代からの片思いが高じて、一旦は入学した国立大学を辞め、音楽大学に入学し直して、佳音の後を追って航空音楽隊を目指したというのに、である。

この渡会の純情がね、いいんですよ。そもそも、渡会が佳音に惹かれた理由が、佳音の演奏を聴いたから、というのもいい。「こんな音を出すやつなら、中身はさぞかし面白いやつなんだろうな」と思い、佳音から目が離せなくなったのだ。あぁ、それなのに。

この渡会の片思いには、実は佳音以外はほぼみんな気が付いている、というのもミソ。というか、佳音が気付かないのがおかしいくらいなのだ。だが、ここでも、福田さんのキャラ造形のうまさが光る。こういう設定の時に、いくらなんでも気付かないのはおかしい、と思わせつつ、それを補って余りある佳音の鈍感力に説得力がないと、読んでいて鼻白んでしまうものなのだが、本書にはそれがない。それだけ佳音のキャラがしっかりしているのだ。だから、読んでいる側までもが、佳音の仲間たち――佳音と同期の美樹《みき》や、かつて佳音と同室だった安西《あんざい》夫人（結婚したので、今は狩野《かのう》夫人）――と同じように、ええい、もう、この鈍感娘め！　とじりじりしてしまうのである。なんたって、佳音の渡会に対する認識は、「ゴリラ」ですからね（渡会はガタイがいいのだ）。

先に、本書の読みどころは、佳音について回る〝事件〟の謎と謎解き、と書いた。「希望の空」では、音楽隊が乗ってきたバス消失の、「恋するダルマ」では、ダルマすり替えの、「行きゅんな加那」では、とあるバンドのトラブルの、そして「ラ・フィエスタ」では、入間基地の航空祭での迷子の謎が、それぞれ解き明かされる。そのどれもが一級のコージーミステリで、ここにも福田さんの〝さりげない細心さ〟が光っているのだが、特筆すべきは、前作でもインサートされていた、佳音視点以外のショートストーリーだ。

本書では、「ナンバーワン・カレー――吉川《よしかわ》美樹の場合――」と、「恋するフォーチュンクッキー――松尾光《まつおひかる》の場合――」の二編が収録されているのだが、この二編が入ることで、物語全体にメリハリがつくのはもちろん、佳音以外の登場人物たちの視点で描くことで、シリーズの骨格を太いものにしている。

さらに、さらに、本シリーズは「音楽隊小説」でもあるので、音楽隊が奏でる音楽の描写も心憎い。本書を読みながら、描かれている楽曲をネットで検索したり、実際にCDを買ったりして聴いてみたくなったのは、私だけではないだろう。実際に自衛隊の音楽隊の演奏を聴きに行きたくなった人もいるのではないか。そんなふうに、本を読んで、何か自分からアクションを起こしたくなる（個人的に、本からのギフト、と名付けている）物語に外れナシ、というのが私の持論である。本シリーズももちろん！　外れなしどころか、大当たり。ぜひ、実際にご堪能ください！

本作品の執筆にあたり、航空自衛隊航空中央音楽隊、航空自衛隊南西航空音楽隊、航空自衛隊中部航空音楽隊、航空自衛隊航空幕僚監部広報室の皆様に、多大な取材ご協力を頂きました。ここに改めて御礼申し上げます。

参考図書『大山町有林物語——いのちと癒しの森から——』本部廣哲編纂、海風社刊

初出
希望の空　「小説宝石」二〇一三年十二月号
恋するダルマ　「小説宝石」二〇一四年五月号
ナンバーワン・カレー——吉川美樹の場合——　書下ろし
行きゅんな加那　「小説宝石」二〇一四年七月号
恋するフォーチュンクッキー——松尾光の場合——　書下ろし
ラ・フィエスタ　「小説宝石」二〇一四年十二月号

※この作品はフィクションです。

二〇一五年九月　光文社刊

光文社文庫

群青《ぐんじょう》のカノン　航空《こうくう》自《じ》衛《えい》隊《たい》航空《こうくう》中央《ちゅうおう》音楽《おんがく》隊《たい》ノート2

著者　福《ふく》田《だ》和《かず》代《よ》

2018年1月20日　初版1刷発行
2020年12月25日　2刷発行

発行者　鈴木広和
印刷　萩原印刷
製本　榎本製本

発行所　株式会社　光文社
〒112-8011　東京都文京区音羽1-16-6
電話（03）5395-8149　編集部
8116　書籍販売部
8125　業務部

落丁本・乱丁本は業務部にご連絡くだされば、お取替えいたします。
ISBN978-4-334-77584-1　Printed in Japan

組版　萩原印刷